BILLIONAIRE BAIRN

Voor Lara,

Ik hou meer van je, dan ik met woorden kan zeggen.

BILLIONAIRE BAIRN

Billionaire Boy in Scots

David Walliams

Translatit by Matthew Fitt

illustratit by Tony Ross

Itchy Coo

First published 2015 by Itchy Coo
Itchy Coo is an imprint and trade mark of James Francis Robertson
and Matthew Fitt and used under licence by
Black & White Publishing Limited

Black & White Publishing Ltd
29 Ocean Drive, Edinburgh EH6 6JL

1 3 5 7 9 10 8 6 4 2   15 16 17 18

ISBN: 978 1 84502 995 1

Originally published in English by HarperCollins Children's Books
under the title: BILLIONAIRE BOY
Text © David Walliams 2010
Illustrations © Tony Ross 2010
Cover lettering of author's name © Quentin Blake 2010
Scots translation © Matthew Fitt, translated under licence
from HarperCollinsPublishers

ALBA | CHRUTHACHAIL

Typeset by RefineCatch Limited, Bungay, Suffolk

Printed and bound by Nørhaven, Denmark

1

Meet Joe Spud

Hiv ye ever wunnered whit it wid be like tae hae a million poond?

Or a billion?

Hoo aboot a trillion?

Or even a gazillion?

Meet Joe Spud.

Joe didnae *hae* tae wunner whit it wid be like tae hae loats and loats and loats o siller. He wis ainly twal year auld, but he wis ootrageously, eediotically rich.

Joe had awthin he could ever want.

- Hunner-inch plasma muckle-screen flet-screen hie-definition TV in ivry room in the hoose ✔
- Five hunner pairs o Nike gutties ✔
- A graund-prix race track in the back gairden ✔
- A robot dug fae Japan ✔
- A gowf buggy wi the nummer plate 'SPUD 2' tae drive aroond the groonds o his hoose ✔
- A watterslide fae his bedroom intae an indoor Olympic-sized sweemin pool ✔

- Ivry computer gemme in the warld ✔
- 3-D IMAX picture hoose in the cellar ✔
- A crocodile ✔
- Twinty-fower-oor personal masseuse ✔
- Unnergroond ten-lane boolin alley ✔
- Snooker table ✔
- Popcoarn makar ✔
- Skateboard park ✔
- Anither crocodile ✔
- Hunner thoosand poond a week poacket money ✔
- A rollercoaster in the back gairden ✔
- A personal recordin studio in his attic ✔
- Personalised fitba coachin fae the Scotland team ✔
- A real-life sherk in a tank ✔

In short, Joe wis yin scunnersomely speylt bairn. He gaed tae an eediotically poash schuil. He flew on private planes whenever he gaed on holiday. Yince, he even had Disneywarld shut for the day, jist sae he widnae hae tae staund in a queue tae go on ony o the rides.

Here's Joe. Speedin roond his ain private racetrack in his ain Formula Yin racin caur.

Some awfie rich bairns hae miniature versions o caurs biggit specially for them. Joe wisnae yin o thae bairns. Joe needit his Formula Yin caur tae be made a bit mair *muckle*. He wis gey fat, ye ken. Weel, sae wid you be, if ye could buy aw the chocolate in the warld.

Ye've mibbe noticed in yon pictur that Joe is on his ain. Tae tell ye the truth, speedin roond

a racetrack isnae muckle fun at aw when ye're on yer ain, even if ye dae hae a squillion poond. Ye need somebody tae race wi. The problem wis Joe didnae hae ony freends. No even yin.

- Freends ✖

Noo, drivin a Formula Yin caur and unwrappin a king-size Mars Bar are twa things ye shouldnae try tae dae at the same time. But it had been aboot a meenit since Joe had last scranned onythin and he wis stervin. As he sliddered intae the chicane, he rived open the wrapper wi his teeth and taen a bite oot o the delicious chocolate-coatit nougat and caramel. Unfortunately, Joe ainly had yin haun on the steerin wheel, and as the wheels o the caur hut the verge, he loast control.

The multi-million-poond Formula Yin caur skittered aff the track, birled roond, and hut a tree.

SSSSSSSSSsssssssss SSSSSSSSCCCCCCC UUUUUUUUUuuuuuuuUUU UUUUUUUUUUUUUUUUU uuuuuuuuDDDDD DDDDDD!!!!!!!!!! !!!!!!!!!!!!!!!!!!!!

The tree wis unhermed. But the caur wis a write-aff. Joe strauchled oot o the cockpit. By guid luck Joe wisnae hermed either, but he wis a bittie dozent, and he hirpled back tae the hoose.

"Da, I crashed the caur," said Joe as he come ben the palatial front room.

Mr Spud wis short and roond, jist like his son. He had mair hair than Joe apairt fae on his heid – which wis bald and sheeny. Joe's da wis sittin on a hunner-seater crocodile skin sofae and didnae keek up fae readin that day's copy o the *Sun*.

"Dinnae worry, Joe," he said. "I'll buy ye a new yin."

Joe sloonged doon on the sofae nixt tae his da.

"Och, happy birthday, by the way, Joe." Mr Spud haundit an envelope tae his son, wioot takkin his een aff the lassie on Page 3.

Aw excitit, Joe opened the envelope. Hoo much siller wis he gonnae get this year? The caird, that read 'Happy 12th Birthday Son', got flung awa and grabbie fingirs grupped the cheque like a trophy.

Joe wis scunnered. "A million poond?" he snashed. "Is that aw?"

"Whit's the maitter, son?" Mr Spud pit doon his newspaper for a meenit.

"Ye gied me a million *last* year," peenged Joe. "When I turnt eleeven. Surely I should get mair noo I'm twal?"

Mr Spud raxed intae the poacket o his sheeny grey designer suit jaiket and poued oot his cheque buik. His suit wis honksome, and honksomely expensive. "I'm sae sorry, son," he said. "Let's mak it twa million."

Noo, it's important ye ken that Mr Spud hadnae ayewis been this rich.

No sae lang ago the Spud faimlie had lived a gey hummle life. Fae the age o saxteen, Mr Spud warked in a muckle cludgie-roll factory on the ootskirts o toun. Mr Spud's joab at the factory wis *saaaee* borin. He had tae rowe the paper aroond the cairdboard inner tube.

Roll efter roll.

Day efter day.

Year efter year.

Decade efter decade.

This he did, ower and ower again, until he'd jist aboot loast aw his hope. He wid staund aw day aside the conveyor belt wi hunners o ither bored warkers, daein the same heid-numbin task.

Ivry time the paper wis rowed ontae yin cairdboard tube, the haill thing sterted again. And ivry cludgie roll wis the same. Because the faimlie wis sae puir, Mr Spud used tae mak birthday and Yule gifties for his son fae cludgie roll inner tubes. Mr Spud never had enough siller tae buy Joe aw the latest toys, but wid mak him somethin like a cludgie-roll racin caur, or a cludgie-roll castle complete wi dizzens o cludgie-roll sodgers. Maist o them got broken and endit up in the bin. Joe did manage tae save a daft lookin wee cludgie-roll space rocket, though he wisnae sure why.

The ainly guid thing aboot warkin in a factory wis that Mr Spud had loats o time tae faw intae a dwam. Yin day he had a dwam that wis tae revolutionise bahookie dichtin forever.

Why no invent a cludgie roll that is weet on yin side and dry on the ither? he thocht, as he rowed

paper aroond his thoosandth roll o the day.
Mr Spud kept his idea tap-secret and trauchled
for oors lockit in the bathroom o their wee
cooncil flet makkin his new double-sidit cludgie
roll exactly richt.

When Mr Spud finally launched 'Bahookie
Wheech', it wis a muckle success. Mr Spud selt a

billion rolls aroond the warld ivry day. And ivry time somebody bocht a roll, he made 10p. It aw addit up tae a muckle moontain o bawbees, as this simple maths equations shaws.

10p x 1,000,000,000 rolls x 365 days a year = a muckle moontain o bawbees.

Joe Spud wis ainly eicht at the time 'BahookieWheech' wis launched, and his life wis turnt upside doon in a hertbeat. First, Joe's maw and da split up. It turnt oot that for mony years Joe's maw Carol had been haein a ridd-hoat love affair wi Joe's Cub Scout leader, Alan. She taen a ten billion poond divorce settlement; Alan selt his canoe and bocht a gigantic yacht. Last onybody had heard, Carol and Alan were sailin aff the coast o Dubai, poorin vintage champagne ivry mornin on their Crunchy Nut Coarnflakes.

Joe's da seemed tae get ower the split gey quick and sterted gaun oot on dates wi an enless parade o Page 3 quines.

Soon faither and son flitted oot o their tottie cooncil flet and intae a muckle stately hame. Mr Spud cawed it 'BahookieWheech Touers'.

The hoose wis sae muckle it wis visible fae ooter space. It taen five meenits jist tae motor up the drive. Hunners o newly-plantit, hopefu wee trees lined the mile-lang chuckie-stane track. The hoose had seeven kitchens, twal sittin rooms, forty-seeven bedrooms and eichty-nine cludgies.

Even the cludgies had en-suite cludgies. And some o thae en-suite cludgies had en-en-suite cludgies.

In spite o steyin there for a wheen years, Joe had probably ainly ever explored aroond a quarter o the main hoose. In the enless groonds were tennis coorts, a boatin loch, a helipad and even a hunner-metre-lang ski-slope wi moontains o fake snaw. Aw the taps, door haunnles and even the cludgie seats were solid gowd. The cairpets were made fae mink fur, he and his da drank dilutin orange fae priceless antique medieval goblets, and for a whilie they had a butler cawed Otis wha wis an orang-utan forby. But he had tae be giein his jotters.

"Can I no get a *proper* present as weel, Da?" said Joe, as he pit the cheque intae his trooser poacket. "I mean, I'm comin doon wi money awready."

"Tell us whit ye want, son, and I'll get yin o ma assistants tae buy it," said Mr Spud. "Some solid gowd sunglesses? I've got a pair. Ye cannae see oot o them but they are awfie expensive."

Joe ganted, pure bored.

"Yer ain speedboat?" ventured Mr Spud.

Joe rowed his een. "I've got twa o them. Mind?"

"Sorry, son. Hoo aboot a quarter o a million poond warth o WHSmith voochers?"

"Borin! Borin! Borin!" Joe stramped his fit in frustration. Here wis a laddie wi problems maist ither laddies and lassie jist didnae hae.

Mr Spud looked doonhertit. He wisnae sure there wis onythin left in the warld that he could buy for his ainly bairn. "Then whit, son?"

Joe suddently had a thocht. He imagined himsel gaun roond the racetrack aw on his ain, racin against himsel. "Weel, there is somethin I really want..." he said, tim'rously.

"Name it, son," said Mr Spud.

"A freend."

2

Bahookie Boay

"Bahookie Boay," said Joe.

"*Bahookie Boay?*" splootered Mr Spud. "Whit else dae they caw ye at the schuil, son?"

"The Cludgie Roll Kid..."

Mr Spud shook his heid. He couldnae believe it. He had sent his son tae the maist expensive schuil in England. St Cuthbert's Schuil for Laddies. The fees were twa hunner thoosand poond a term and aw the boays had tae wear Elizabethan ruffs and tichts. Here is a pictur o Joe in his schuil uniform. He looks completely dippit, does he no?

Sae the last thing that Mr Spud expectit wis

that his son wid get bullied. Bullyin wis somethin that happent tae puir folk. But the truth wis that Joe had been picked on ever since he sterted at the schuil. The poash bairns hatit him, because his da had made his siller oot o cludgie rolls. They said yon wis 'awfie tinkie.'

"Bahookie Billionaire, Maister MacCludge, Bum Hair tae the Bahookie Billions" continued Joe. "And that's jist the teachers."

Maist o the laddies at Joe's schuil were Princes, or at least Dukes or Earls. Their faimlies had made their fortunes fae ownin muckle great dauds o laund. That made them 'auld money'. Joe had quickly cam tae learn that siller wis ainly warth haein if it wis auld. New siller fae sellin cludgie rolls didnae coont.

The poash boays at St Cuthbert's were cawed names like Alasdair Baxter Forfar Kentigern Bruce Balmoral Aberdeen Angus Fingal Douglas Farquhar Sanquhar Ruraidh Stovies Airlie Stevenson Anderson Ferguson Nechtan Claymore Possil Fleming Culloden Hampden Kingsway Crawford Thurso Hogmanay Hoolet Mungo Murdo MacDonald.

That wis jist yin laddie.

The subjects were aw eediotically poash as weel. This wis Joe's schuil timetable:

Monday

Latin

Hoo tae wear a straw bunnet

Royal studies

The study o etiquette

Show-jumpin

Bawroom dauncin

Debatin Society ('This hoose believes that it is tinkie tae dae up the bottom button on yer waistcoast'

Scone scrannin

Bow-tie tyin

Puntin

Polo (the sport wi cuddies and sticks, no the mint)

Tuesday

Auncient Greek

Croquet

Pheasant shootin

Treatin the servants like durt cless

Mandolin level 3

History o Tweed

Neb in the air oor

Learnin tae step ower hameless folk ootside
the door o the opera

Findin yer wey oot o a maze

Wednesday

Tod-huntin
Flooer arrangin
Haiverin aboot the weather
History o cricket
History o the brogue
Playin Stately Hame Tap Trumps
Readin *Harper's Bazaar*
Ballet appreciation cless
Tap-hat polishin
Fencin (the yin wi swords, no sellin things
ye've chored)

Thursday

Antique furnitur appreciation oor
Range Rover tyre chyngin cless
Discussion aboot whase faither has the maist siller

Competition tae see wha is best freends wi Prince Harry

Learnin tae talk poash

Rowin club

Debatin Society ('This hoose believes that muffins are best toastit')

Chess

The study o coats o airms

A lecture on hoo tae talk loodly in restaurants

Friday

Poetry readin (Medieval English)

History o wearin corduroy

Topiary cless

Classical sculpture appreciation cless

Spottin yersel in the pairty pages o *Tatler* oor

Deuk huntin

Billiards

Classical music appreciation efternoon

Denner pairty discussion topic cless (e.g. hoo the warkin clesses reek)

However, the main reason why Joe hatit gaun tae St Cuthbert's wisnae the stupit subjects. It wis the fact that awbody at the schuil looked doon on him. They thocht that somebody whase da made their money fae cludgie rolls must be a bit o a ned.

"I want tae go tae a different schuil, Da," said Joe.

"Nae problem. I can afford tae send ye tae the poashest schuils in the warld. I heard aboot this place in Switzerland. Ye ski in the mornin and then –"

"Naw," said Joe. "Hoo aboot I go tae the local secondary?"

"*Whit?*" said Mr Spud.

"I micht mak a freend there," said Joe. He'd seen the weans hingin aroond the schuil yetts when he wis bein chauffered tae St Cuthbert's. They looked like they were haein sic a braw time – bletherin, playin gemmes, swappin cairds. Tae Joe, it looked sae mervellously *normal.*

"Aye, but the local secondary…" said Mr Spud, dootfully. "Are ye *sure?*"

"Aye," replied Joe, defiantly.

"I could build ye yer ain schuil in the back gairden if ye like?" suggestit Mr Spud.

"Naw. I want tae go tae a normal schuil. Wi normal bairns. I want tae mak a *freend*, Da. I dinnae hae a singil freend at St Cuthbert's."

"But ye cannae gang tae a normal schuil. You are a billionaire, boay. Aw the bairns will either bully ye or want tae be freends wi ye jist because ye're rich. It'll be a nichtmare for ye."

"Weel, then I winnae tell onybody wha I am. I'll jist be Joe. And mibbe, jist mibbe, I'll mak a freend, or even twa..."

Mr Spud thocht for a meenit, and then gied in. "If that's whit ye really want, Joe, then OK, ye can gang tae a normal schuil."

Joe wis sae excitit he bumlowped* alang the sofae nearer tae his da tae gie him a coorie.

"Dinnae moger the suit, son," said Mr Spud.

[* Bumlowpin (verb) *bum-low-pin*. Tae flit fae yin place tae anither while sittin doon usin ainly yer bahookie as the sole means o transport, in ither words ye dinnae hae tae get up. Popular wi muckle-boukit folk and fattygusses.]

"Sorry, Da," said Joe, bumlowpin back a wee bit. He cleared his thrapple. "Um...I love ye, Da."

"Aye, boay, ditto, ditto," said Mr Spud, as he riz tae his feet. "Weel, hae a guid birthday, pal."

"Are we no gonnae dae somethin thegither the nicht?" said Joe, tryin tae no tae look ower disappointit. When he wis younger, Joe's da wid ayewis tak him oot tae the local burger restaurant as a birthday treat. They couldnae afford the burgers, sae they wid jist order chips, and scran them wi some ham and pickle pieces that Mr Spud wid pauchle in unner his bunnet.

"I cannae son, sorry. I've got a date wi this bonnie lassie the nicht," said Mr Spud, noddin at Page 3 o the *Sun*.

Joe keeked at the page. There wis a photie o a wummin whase claes seemed tae hae fawn aff.

Her hair wis dyed white blonde and she had sae muckle mak-up on it wis haurd tae tell if she wis bonnie or hackit. Ablow the image it read, 'Sapphire, 19, fae Bradford. Likes shoappin, doesnae like thinkin.'

"Dae ye no think that Sapphire lassie's a wee bittie young for ye, Da?" spiered Joe.

"It's ainly a twinty-seeven-year age gap," replied Mr Spud ower quickly.

Joe wisnae convinced. "Weel, whaur are ye takkin this Sapphire?"

"A nichtclub."

"A *nichtclub*?" spiered Joe.

"Aye," said Mr Spud, aw offendit. "I'm no ower auld tae gang tae a nichtclub!" As he spoke he opened a boax and poued oot whit looked like a hamster that had been rin ower by a bus and pit it on his heid.

"Whit in the name o the wee man is that, Da?"

"Whit's whit, Joe?" replied Mr Spud aw innocent, as he scuttered aboot wi the contraption until it covered his baldie nut.

"That thing on yer heid."

"Och, this. It's a toupee, boay! Ainly ten grand each. I bocht a blonde yin, a broon yin, a ginger yin, and an afro for special occasions. It makes me look twinty year younger, dae ye no think?"

Joe didnae like tae lee. The toupee didnae mak his faither look ony younger – insteid, it made him look like a man that wis tryin tae balance a deid animal on his heid. Sae Joe chose tae gie him a non-committal, "Mmm."

"Richt. Weel, hae a guid nicht," Joe addit, pickin up the remote. It looked like it wid be jist him and the hunner-inch TV again.

"There's some caviar in the fridge for yer tea, son," said Mr Spud as he heided for the door.

"Whit's caviar?"

"It's fush eggs, son."

"That's bowfin..." Joe wisnae a big fan o normal eggs. Eggs laid by a fush soonded absolutely hingin.

"Aye, I had some on toast for ma breakfast. It's totally boggin, but it is gey expensive sae we should stert scrannin it."

"Can we no hae sassidges and mashed tatties

or fush and chips or Shepherd's Pie or somethin, Da?"

"Mmmm, I used tae love Shepherd's Pie, son..." Mr Spud slavered a wee bit, as if imaginin the taste o Shepherd's Pie.

"Weel then...?"

Mr Spud shook his heid impatiently. "Naw naw naw, we are rich son! We hae tae eat aw this poash stuff noo like proper rich folk dae. See ye efter!" The door slammed ahint him and Joe soon heard the deefenin rair o his faither's lime-green Lamborghini speedin aff intae the nicht.

Joe wis scunnered that he wis on his ain again, but he still couldnae stap a wee smile fae spreidin across his fizzog as he turnt on the TV. He wis gaun tae go tae an ordinar schuil again, he wis gonnae be an ordinar boay, and mibbe, *jist mibbe*, he wis gonnae mak a freend.

The question wis, hoo lang could Joe keep the fact that he wis a billionaire a secret fae aw the ither weans...?

3

Bloab!

Finally, the big day cam roond. Joe taen aff his diamond-encrustit watch and pit his gowd pen in the drawer. He looked at the designer bleck snakeskin poke his da had bocht him for his first day at his new schuil and pit it back in the cupboard. Even the poke the poke had *cam in* wis ower poash, but he foond an auld plastic yin in the kitchen and pit his schuil buiks in that. Joe wis determined tae no staund oot.

Fae the back seat o his chauffeur-driven Rolls Royce he had passed the local secondary hunners o times on his wey tae St Cuthbert's, and had seen the weans skailin oot o the schuil. A breengin river o swingin schuilbags and swearie words and hair gel. The day, he wis gonnae gang in through thae schuil yetts for the first time. But he didnae want tae turn up in a Rolls Royce – that wid be a pretty guid hint tae the ither bairns that he wis rich. He telt the chauffeur tae drap him aff at a nearby bus stap. It had been a wheen years since he had traivelled by public transport, and as he waitit at the bus stap Joe bizzed wi excitement.

"I cannae chynge that!" said the bus driver.

Joe hadnae realised that a fufty poond note wisnae gonnae be weelcome for a twa-poond fare, and had tae get aff the bus. Sechin, he sterted tae walk the twa mile tae the schuil, his fat fozie thighs rubbin thegither aw the wey.

Finally, Joe raxed the schuil yetts. For a meenit he scuttered aboot nervously ootside.

He had spent sae lang livin a life o wealth and privilege – hoo in the name o the wee man wis he gonnae fit in wi aw thir weans? Joe taen a deep braith and mairched across the playgroond.

At registration, there wis ainly yin ither bairn sittin on his ain. Joe looked ower at him. He wis fat, jist like Joe, wi a heid o curly hair. When he saw Joe lookin at him, he smiled. And efter registration wis feenished, he cam ower.

"I'm Boab," said the fat boay.

"Hi Boab," replied Joe. The bell had jist rung and they hoddled aff alang the corridor tae the first lesson o the day. "I'm Joe," he addit. It wis streenge tae be in a schuil whaur naebody kent wha he wis. Whaur he wisnae Bahookie Boay, or Billionaire Bahookie, or the BahookieWheech Bairn.

"I am sae gled ye're here, Joe. In the cless I mean."

"Hoo's that?" spiered Joe. He wis excitit. It

looked like he micht hae foond his first freend awready!

"Because I'm no the fattest boay in the schuil ony mair," Boab said proodly, as if statin a fact that wis as plain as the neb on his coupon.

Joe frooned, then stapped for a saicont and glowered at Boab. It looked tae him like he and the ither laddie were aboot the same level o fattiness.

"Hoo muckle dae you weigh then?" demandit Joe crabbitly.

"Weel, hoo muckle dae you weigh?" said Boab.

"Weel, I spiered ye first."

Boab paused for a saicont. "Aboot eicht stane."

"I'm seeven stane," said Joe, leein.

"Nae wey are you seeven stane!" shouted Boab. "I'm twal stane and you are faur fatter than me!"

"Ye jist said ye were eicht stane!" said Joe pointin an accusin fingir.

"I *wis* eicht stane..." replied Boab, "when I wis a bairnie."

That efternooon it wis croass-country rinnin. Whit a dreidfu trauchle for ony day at schuil, never mind yer first day. It wis a yearly tortur that seemed tae exist jist tae mak fun o bairns that werenae sporty. Boab and Joe wioot a doot could faw heavily intae that category.

"Whaur is yer rinnin kit, Boab?" shouted Mr Tawse, the sadistic PE teacher, as Boab made his wey ontae the playin field. Boab wis wearin his Y-fronts and semmit, and his appearance wis weelcomed by muckle hoots o lauchter fae the ither weans.

"S-s-s-somebody m-m-must hae took it S-s-s-sir," answered a chitterin Boab.

"Aye, that'll be richt!" snashed Mr Tawse. Like maist dominies that teach PE, it wis haurd tae imagine him wearin onythin ither than a tracksuit.

"D-d-dae I still hae tae dae the r-r-r-rin S-s-s-s-s-s-s-sir...?" spiered a hopefu Boab.

"Oh aye, laddie! Ye dinnae get aff that easy.

Richt awbody, on yer merks, get set...haud yer hoarses! GO!"

At first, Joe and Boab sprintit awa like aw the ither weans, but efter aboot three saiconts they were baith oot o braith and had tae walk. Soon awbody else had disappeart intae the distance and the twa fat laddies were left alane.

"I come last ivry year," said Boab, unwrappin a Snickers bar and takkin a muckle bite oot o it. "Aw the ither weans ayewis lauch at me. They hae their shooers and get dressed and wait at the feenishin line. They could aw go hame, but insteid they wait jist tae cry me aw sorts o awfie names."

Joe frooned. That didnae soond like fun. He decided he didnae want tae be last, and smairtened his pace a wee bittie, makkin sure he wis at least hauf a step aheid o Boab.

Boab glowered at him, and piled on the speed,

gaun up tae at least hauf a mile an oor. Fae the determined glower on his coupon, Joe kent that Boab thocht this year wis his gowden chaunce tae no feenish last.

Joe speedit up a wee bit mair. They were noo jist aboot joggin. The race wis on. For the ultimate prize: wha wis gonnae feenish... no last! Joe really didnae want tae be beaten at croass-country by a fat laddie in his semmit and punders on his first day at schuil.

Efter whit seemed like an eternity the feenishin line cam intae sicht. Baith boays were oot o pech wi aw the pouer-shauchlin.

Suddenly disaster landit on Joe fae a great hicht. He got a stitch, a sair yin richt in his side.

"Uyah!" cried Joe.

"Whit's the maitter?" spiered Boab, noo a haill twa centimetres in front o him.

"I hae a stitch...I huv tae stoap. Uyah..."

"Awa ye go. Ye're haein me on. A fufteen-stane lassie telt me that same sab story last year and endit up beatin me by hauf a saicont."

"Uyah. It's true," said Joe, haudin his side tichtly.

"I'm no fawin for it, Joe. Ye're gonnae be last, and this year aw the weans in the cless are gonnae lauch at you, no me!" said Boab triumphantly, as he edged aye further aheid.

Bein lauched at on his first day at schuil wis the last thing Joe wantit. He'd had enough o yon when he wis at St Cuthbert's. Hooever, the stitch wis sairer and sairer gettin wi ivry step. It wis as if there wis a dirk jaggin intae his side. "Hoo aboot I gie ye a fiver tae cam last?" he said.

"Nae wey," replied Boab, through pechin braiths.

"A tenner?"

"Nut."

"Twinty pund?"

"Awa ye go."

"Fufty pund."

Boab stoapped, and looked roond at Joe.

"Fufty pund..." he said. "Yon's a loat o chocolate."

"Aye," said Joe. "Hunners."

"Ye've got yirsel a deal. But I want the bawbees noo."

Joe faiked through his shorters and poued oot a fufty-poond note.

"Whit's that?" spiered Boab.

"It's a fufty-poond note."

"I've never seen yin afore. Whaur did ye get it?"

"Och, erm, it wis ma birthday last week ye ken..." said Joe, stummlin ower his words a wee bit. "And ma da gied me that as a present."

The peerie bit fatter boay gawped at it for a meenit, haudin it up tae the licht as if it wis a priceless treisure. "Jings. Your da must be pure *mintit*," he said.

The truth wid hae blawn Boab's fat mind – that Mr Spud had gien his son twa million poond as a birthday present. Joe held his wheesht.

"Naw, no really," he said.

"Awricht then," said Boab. "I'll cam in last again. For fufty poond I'll feenish the morn's morn if ye want me tae."

"Jist a wheen paces ahint me will dae fine," said Joe. "Then naebody will ken we're pauchlin it."

Joe edged aheid, still gruppin his side in pain. Hunners o cruel wee smilin coupons were comin intae focus noo. The new laddie crossed the feenishin line wi ainly a rummle o mockin lauchter. Trailin ahint wis Boab, aye haudin the fufty-poond note in his haun, since he had nae poackets in his punders. As he neared the feenishin line, the weans sterted chantin.

"BLOAB! BLOAB! BLOAB! BLOAB!
BLOAB! BLOAB! BLOAB! BLOAB!
BLOAB! BLOAB! BLOAB! BLOAB!
BLOAB! BLOAB! BLOAB! BLOAB!
BLOAB! BLOAB! BLOAB!"

The chants grew looder and looder.

**"BLOAB! BLOAB! BLOAB!
BLOAB! BLOAB! BLOAB!
BLOAB! BLOAB! BLOAB!
BLOAB! BLOAB! BLOAB!
BLOAB! BLOAB! BLOAB!
BLOAB! BLOAB! BLOAB!
BLOAB! BLOAB! BLOAB!
BLOAB! BLOAB! BLOAB!
BLOAB! BLOAB! BLOAB!
BLOAB! BLOAB! BLOAB!
BLOAB! BLOAB! BLOAB!
BLOAB! BLOAB! BLOAB!"**

They aw sterted clappin in time noo.

"BLOAB! BLOAB! BLOAB! BLOAB!
BLOAB! BLOAB! BLOAB! BLOAB!
BLOAB! BLOAB! BLOAB! BLOAB!
BLOAB! BLOAB! BLOAB! BLOAB!
BLOAB! BLOAB! BLOAB! BLOAB!
BLOAB! BLOAB! BLOAB! BLOAB!

BLOAB! BLOAB! BLOAB! BLOAB!
BLOAB! BLOAB! BLOAB! BLOAB!
BLOAB! BLOAB! BLOAB! BLOAB!
BLOAB! BLOAB! BLOAB! BLOAB!
BLOAB! BLOAB! BLOAB! BLOAB!
BLOAB! BLOAB! BLOAB! BLOAB!
BLOAB! BLOAB! BLOAB! BLOAB!

BLOAB! BLOAB! BLOAB! BLOAB!
BLOAB! BLOAB! BLOAB! BLOAB!
BLOAB! BLOAB!"

Nothin dauntit, Boab hurled his boady across
the feenishin line.

"HA! HA! HA! HA!
HA! HA! HA! HA! HA!
HA! HA! HA! HA! HA!
HA!HA!HA!HA!HA!HA!HA!HA!
HA!HA!HA!HA!HA!HA!HA!HA!
HA! HA! HA! HA! HA! HA! HA!
HA! HA! HA! HA! HA!
HA! HA! HA! HA! HA!
HA! HA! HA! HA! HA!
HA! HA! HA! HA! HA!
HA! HA! HA! HA! HA!
HA! HA! HA! HA!HA!HA!
HA!HA!HA!HA!HA!HA!HA!HA!
HA!HA!HA!HA!HA!HA!HA!

HA!HA!HA!HA!HA!HA!HA!HA!
HA!"

The ither bairns fell aboot lauchin, pointin at Boab, as he cowped ower pechin for braith.

Turnin aroond, Joe felt a sudden stob o guilt. As the schuilweans skailed, he gaed ower tae Boab and helped him tae his feet.

"Thanks," said Joe.

"Ye're weelcome," said Boab. "Tae be honest, I should hae done that onywey. If you cam last on yer verra first day, ye'd never hae heard the end o it. But see nixt year, ye're on yer ain. I dinnae care if ye gie me a million poond – I'm no comin last again!"

Joe thocht aboot his twa million poond birthday cheque. "Whit aboot twa million?" he joked.

"Weel, that's different!" said Boab, lauchin. "Imagine if ye really did hae twa million poond.

It wid be crazy! Ye could hae awthin ye ever wantit!"

Joe squeezed oot a smile. "Aye," he said. "Mibbe..."

4

"Cludgie Rolls?"

"Sae, did ye forget yer kit on purpose?" spiered Joe.

Mr Tawse had lockit the chyngin rooms by the time Joe and Boab had feenished their croass-country rin...weel, croass-country dauner. They stood ootside the grey concrete buildin, Boab chitterin in his punders. They'd awready been tae find the schuil secretary, but there wis naebody left in the haill place. Weel, apairt fae the jannie. Wha didnae seem tae speak Scots. Or ony ither language forby.

"Naw," replied Boab, a bittie hurt at the thocht. "Mibbe I'm no be the fastest rinner, but I'm no a feartie."

They trauchled through the schuil groonds, Joe in his rinnin tap and shorters, and Boab in his punders and semmit. They looked like twa rejects fae a boay band audition.

"Sae wha took it?" said Joe.

"Dinnae ken. It micht hae been the Gubbs. They're the schuil bullies."

"The Gubbs?"

"Aye. They're twins."

"Och," said Joe. "I've no met them yet."

"Ye will," replied Boab, doolfully. "Ye ken, I feel jist awfie aboot takkin yer birthday money aff ye…"

"Ye dinnae hae tae," said Joe. "It's awricht."

"But fufty poond is a loat o siller," Boab protestit.

Fufty poond wisnae a loat o siller tae the Spuds. Here are a wheen things Joe and his da wid likely dae wi fufty-poond notes:

- Licht them insteid o bits o auld newspaper tae get a lowe gaun on the barbecue
- Keep a pad o them aside the telephone tae use them as post-its
- Line the hamster cage wi haunfus o them and then fling them oot efter a week when they stert tae honk o hamster's wee wee

- Alloo the same hamster tae use yin as a touel efter it's had a shooer
- Filter coffee wi them
- Mak paper hats oot o them tae wear on Christmas day
- Blaw their nebs on them
- Spit chawed-up chuddie intae them afore crumplin them and pittin them in the haun o a butler wha wid then pit them in the haun o a footman wha wid then pit them in the haun o a maid wha wid then pit them in the bin
- Mak paper aeroplanes oot o them and fling them at each ither
- Wawpaper the doonstairs cludgie wi them

"I never spiered ye," said Boab. "Whit does yer da dae?"

Joe panicked for a meenit. "Erm, he, er, he maks cludgie rolls," he said, ainly leein a tottie bit.

"*Cludgie rolls?*" said Boab. He couldnae stap a wee smile spreidin across his coupon.

"Aye," replied Joe defiantly. "He maks cludgie rolls."

Boab stapped smilin. "That doesnae soond like it peys aw that weel."

Joe winced. "Er...naw, it doesnae."

"Then I guess yer da had tae save for weeks tae gie ye fufty poond. Here ye go." Boab haundit the noo-slichtly-runkled fufty-poond note back tae Joe.

"Naw, you keep it," protestit Joe.

Boab pressed the note intae Joe's haun. "It's yer birthday siller. You keep it."

Joe smiled no sure o himsel and closed his haun ower the money. "Thank you, Boab. Sae, whit does *your* da dae?"

"Ma da's deid. He deed last year."

They cairried on walkin in silence for a meenit. Aw Joe could hear wis the soond o his hert chappin. He couldnae think o onythin tae say. Aw he kent wis he felt awfie for his new freend. Then he minded that when somebody deed folk sometimes said, 'I'm sorry'.

"I'm sorry," he said.

"It's no your faut," said Boab.

"I mean, weel, I'm sorry he's deid."

"I'm sorry, tae."

"Hoo did he...ye ken?"

"Cancer. It wis really frichtenin. He jist got mair and mair seik and yin day they taen me oot o schuil and I gaed tae the hospital. We sat aside his bed for ages and ye could hear his braith rattlin and then suddently the soond jist stapped. I ran ootside tae get the nurse and she cam in and said he wis 'awa'. It's jist me and ma maw noo."

"Whit does yer maw dae?"

"She warks at Tesco. On the checkoot. That's whaur she met ma da. He wid dae his messages there on Setterday mornins. He used tae joke that he 'ainly come in for a pint o mulk but come oot wi a wife!'"

"It soonds like he wis funny," said Joe.

"He wis," said Boab, smilin. "Maw's got anither joab and aw. She's a cleaner at an auld folks' hame in the evenins. Jist tae mak ends meet."

"Jings," said Joe. "She must be wabbit aw the time."

"Aye, she is," said Boab. "Sae I dae a loat o the cleanin and stuff aroond the hoose."

Joe felt awfie sorry for Boab. Since he wis eicht, Joe had never had tae dae onythin at hame – there wis ayewis the butler or the maid or the gairdener or the chauffeur or whaever tae dae awthin. He taen the note oot his poacket. If there wis yin buddie wha needit the siller mair than him it wis Boab. "Please, Boab, keep the fufty poond."

"Naw, I dinnae want tae. I widnae feel guid aboot it."

"Weel, let me at least buy ye some chocolate."

"Ye're oan," said Boab. "Let's gang tae Raj's."

5

Oot o Date Easter Eggs

Ding!

Naw, reader, that's no yer doorbell. Nae
need tae get up. It's the soond o the bell janglin
in Raj's shoap as Boab and Joe opened the
door.

"Haw, Boab! Ma favourite customer!" said
Raj. "Weelcome, weelcome!"

Raj ran the local newsagent's shoap. Aw the
local weans thocht he wis braw. He wis like the
funny uncle ye ayewis wished ye had. And even
better than thon, he selt sweeties.

"Hiya, Raj!" said Boab. "This is Joe."

"Hullawrerr, Joe," exclaimed Raj. "Twa fat laddies in ma shoap at the yin time. The Lord must be smilin doon on me the day! Hoo come ye're wearin yer semmits?"

"We cam strecht fae daein croass-country rinnin Raj," explained Boab.

"Wunnerfu! Hoo did ye get on?"

"First and saicont..." replied Boab.

"That's smashin!" exclaimed Raj.

"...last," feenished Boab.

"That's no sae guid. But I doot you laddies must be fair hungert efter aw that rinnin aboot. Hoo can I help ye the day?"

"We'd like tae buy some chocolate," said Joe.

"Weel, yous hae cam tae the richt place. I hae the finest selection o chocolate bars in this pairt o toun!" Raj annoonced triumphantly. Considerin the ainly ither shoaps in this pairt o toun wis a launderette and a boardit-up flooer shoap that wisnae sayin aw that muckle, but the boays let that flee stick tae the waw.

Noo, yin thing Joe kent for certain wis that chocolate didnae hae tae be expensive tae taste guid. In fact, efter a wheen years o stappin themsels fu on the brawest chocolates fae Belgium or Switzerland, he and his da had realised that they werenae hauf as guid as a Yorkie. Or a poke o Minstrels.

Or, for the real chocolate-haun, a Double Decker.

"Weel, let me ken if I can help ye gentlemen," said the newsagent. The stock in Raj's shoap wis aw ower the place. Why wis *Nuts* magazine nixt tae the Tipp-ex? If ye couldnae find the Jeelie Tots, it wis entirely possible that they micht be hidin unner a copy o the *Sun* fae 1982. And did the post-it notes really hae tae be in the freezer?

Hooever, local folk kept comin tae the shoap because they loved Raj, and he loved his customers tae, particularly Boab. Boab wis yin o his absolute best customers.

"We're jist haein a keek roond thanks," replied Boab. He wis studyin the raws and raws o confectionery, lookin for somethin special. And siller wisnae a problem the day. Joe had a fufty-poond note in his poacket. They could even afford yin o Raj's oot o date Easter eggs.

"The Wispas are awfie guid the day, young Sirs. Fresh in this mornin," ventured Raj.

"We're jist haein a neb aboot," replied Boab, aw poleet.

"The Cadbury's Creme Eggs are in season," suggestit the newsagent.

"Thank ye muckle," said Joe smilin poleetly.

"Jist tae say, gentlemen, I am here tae help," said Raj. "If ye hae ony questions please dinnae hesitate tae spier them."

"We winnae," said Joe.

There wis a wee meenit o silence.

"Jist tae let ye ken the Flake is aff the day, Sirs," cairried on Raj. "I should hae said. A problem wi the supplier, but I should hae them back on sale the morra."

"Thanks for lettin us ken," said Boab. He and Joe exchynged looks. They were stertin tae wish the newsagent wid gie them peace tae shoap.

"I can recommend a Ripple. I had yin earlier and they are tip-tap the noo."

Joe noddit poleetly.

"I'll lea ye alane tae mak up yer ain mind. As I say, I'm here tae help."

"Can I hae yin o these?" said Boab, liftin up a muckle bar o Cadbury's Dairy Mulk tae shaw Joe.

Joe lauched. "Coorse ye can!"

"A wice choice, gentleman. I hae thae on special offer the day. Buy ten get yin free," said Raj.

"I think we jist need the yin richt noo, Raj," said Boab.

"Buy five get a hauf o yin free?"

"Nae thanks," said Joe. "Hoo much is it?"

"£3.20 please."

Joe taen oot the fufty-poond note.

Raj looked at it in wunner. "Help ma kilt! I havenae ever seen yin o thae afore. You must be an awfie rich young man!"

"No at aw," said Joe.

"His da gied him it for his birthday," chimed in Joe.

"Lucky laddie," said Raj. He keeked at Joe. "Ye ken, ye look kenspeckle tae me, young man."

"Dae I?" replied Joe nervous-like.

"Aye, I'm sure I hae seen ye somewhaur afore."

Raj scarted his chin as he thocht. Boab gawped at him glaikitly. "Aye," said Raj eventually. "Ainly the ither day I saw a pictur o you in a magazine."

"I doot it," snashed Boab. "His da maks cludgie rolls!"

"That's hit!" exclaimed Raj. He huntit through a pile o auld newspapers and poued oot the *Sunday Times Rich Leet*.

Joe sterted tae panic. "I've got tae get gaun..."

The newsagent wheeched through the pages. "There ye are!" Raj pointit tae a photie o Joe sittin awkwardly on the front o his Formula Yin racin caur, and then read alood fae the magazine. "Britain's Wealthiest Weans. Number yin: Joe Spud, twal year auld billionaire bairn. The BahookieWheech heir. Estmatit warth, ten billion."

A muckle daud o chocolate drapped fae Boab's mooth and hut the flair. "Ten *billion*?"

"Nae wey hiv I got ten billion," protestit Joe. "The press ayewis exaggerate. The maist I've got is eicht billion. And I winnae even get maist o it till I'm aulder."

"That's still tons o siller!" exclaimed Boab.

"Aye, I suppose it is."

"Why did ye no tell me? I thocht we were meant tae be pals."

"I'm sorry," stootered Joe. "I jist wantit tae be normal. And it's pure embarrassin bein the son o a cludgie-roll billionaire."

"Naw naw naw ye should be prood o yer da!" exclaimed Raj. "His story is an inspiration tae us aw. A hummle man wha became a billionaire wi yin simple idea!"

Joe hadnae ever thocht o his da like that.

"Leonard Spud revolutionised the wey we dicht oor dowpers!" Raj keckled.

"Thanks, Raj."

"Noo, please tell yer faither I hae jist sterted usin BahookieWheech and I love it! My dowp has never been sae bonnie and clean! See ye nixt time!"

The twa laddies walked alang the street in silence. Aw ye could hear wis Boab sookin the chocolate fae atween his teeth.

"You leed tae me," said Boab.

"Weel I did tell ye he warked in cludgie rolls," said Joe, shoogily.

"Aye but..."

"I ken. I'm sorry." It wis Joe's first day at the schuil, and his secret wis awready oot. "Here, tak the chynge," said Joe, raxin intae his poacket for the twa twenty-poond notes.

Boab wis bleck affrontit. "I dinnae want yer money."

"But I'm a billionaire," said Joe. "And ma da's got squillions. I dinnae even ken whit that means, but I ken it's loads. Jist tak it. Here, hae this loat as weel." He poued oot a roll o fufty-poond notes.

"I dinnae want it," said Boab.

Joe's neb runkled in disbelief. "Why no?"

"Because I dinnae care aboot yer siller. I jist liked hingin oot wi ye the day."

Joe smiled. "And I liked hingin oot wi you." He coaffed. "Look, I'm awfie sorry. It's jist... the weans at ma auld schuil used tae bully me because I wis the BahookieWheech boay. I jist wantit tae be a normal bairn."

"I can unnerstaun that," said Boab. "I mean, it wid be guid tae stert again."

"Aye," said Joe.

Boab stapped, and held oot his haun. "I'm Boab," he said.

Joe shook his haun. "Joe Spud."

"Nae mair secrets?"

"Naw," said Joe, smilin. "That's them aw."

"Guid," said Boab, smilin tae.

"Ye winnae tell onybody at the schuil, will ye?" said Joe. "Aboot me bein a billionaire. It's sae embarrassin. Especially when they find oot hoo ma da became rich. Please?"

"No if ye dinnae want me tae."

"I dinnae. I really dinnae."

"Weel then I'll no."

"Thanks."

The twa cairried on doon the street. Efter a wheen steps Joe couldnae wait ony langer. He turnt tae Boab, wha had awready polished aff hauf o the massive bar o Dairy Mulk. "Can I hae some chocolate then?"

"Aye, coorse. This is for us tae share," said Boab, as he broke aff a tottie wee square o chocolate for his freend.

6

The Gubbs

"HAW! BLOAB!" cam a shout fae ahint them.

"Jist keep gaun," said Boab.

Joe turnt tae look aroond and glisked a pair o twins. They looked frichtenin – like gorillas in human claes. These must be the dreidit Gubbs Boab had been on aboot.

"Dinnae look roond," said Boab. "I'm serious. Jist keep walkin."

Joe wis beginnin tae wish he wis relaxin in safety on the back seat o his chauffeur-driven Rolls Royce, raither than walkin tae the bus stap.

"FATTYGUS!"

As Joe and Boab walked faster, they could hear fitsteps ahint them. Although it wis aye early, the winter sky wis daurkenin. The street lamps flichtered on and slaisters o yella licht skailed ontae the weet groond.

"Quick, rin doon here," said Boab. The laddies nashed doon a vennel, and hid ahint a muckle green wheelie bin that wis parkit at the back o a Bella Pasta.

"I doot we've loast them," whuspered Boab.

"Is that the Gubbs?" spiered Joe.

"Wheesht. Keep yer voice doon!"

"Sorry," whuspered Joe.

"Aye, it's the Gubbs."

"The yins that bully ye?"

"Aye. They're identical twins. Dave and Sue Gubb."

"*Sue*? Yin o them's a lassie?" Joe could sweer that when he'd turnt aroond and seen the twins follaein them, baith o them had gey hairy coupons.

"Coorse she's a lassie," said Boab, as if Joe wis some kind o eejit.

"Then they cannae be identical," whuspered Joe. "I mean, if yin's a loon and yin's a quine."

"Weel, aye, but naebody can tell them apairt."

Suddently Joe and Boab heard fitsteps comin closer and closer.

"I can smell fat boays!" cam a voice fae the ither side o the bin. The Gubbs wheeled the bin awa tae reveal the twa laddies hunkerin ahint it. Joe taen his first guid look at the pair. Boab wis richt. Thae Gubbs were identical. They baith had matchin crew-cuts, hairy knuckles and moustaches. They werenae whit ye wid caw, by ony streetch o the imagination, bonnie.

C'moan we'll play spoat the difference wi the Gubbs.

Can ye spoat ten differences atween these twa?

Naw ye cannae. They are baith exactly the same.

A gouster o cauld wund yowled through the vennel. A toom tin can hirpled past on the groond. Somethin reeshled in the bushes.

"Hoo did ye get on in the croass-country rin the day wioot yer kit, Bloab?" keckled yin Gubb.

"I kent that wis yous!" Boab replied, bealin. "Whit did ye dae wi it?"

"It's awa for a dook in the canal!" keckled the ither.

"Noo gie's yer chocolate!" Even hearin their voices didnae gie awa ony clues aboot which yin wis Dave and which yin wis Sue. Baith their voices wavered up and doon in yin sentence.

"I'm takkin some hame for ma maw," protestit Boab.

"I dinnae care," said the ither Gubb.

"Gie's it ya wee ****," said the ither yin.

I hae tae confess, reader, that the **** bit wis a coorse word. Ither coorse words include ****, ******** and the awfie coorse word ****************************. If ye dinnae ken ony coorse words it's mibbe best tae spier a parent or dominie or ony ither responsible adult tae mak a leet for ye.

For example, here are some o the coorse words I ken:

Jampot

Choabbie

Heilan Poo

Chingin

Blingin

Bogle-pingin

Brawheid

Weejit

Bloon

Mish

Yer Craw!

Choom

Glowk

Blechin

Doolie-joogler

Cutie Dumplin

Myaff

Draftie

Pumptie

Bubblyfroack

Skitterlinkie

Auntie-wrassler

Snochter-scooper

Mugget

Jeg

Freuchie

Mingmang

Stoley

Hootstoots

Clecht

Knickybams

Klootzak

Plookish

Dreebler

Chookienelly

Broonbreeks

Joofer

Luggiebog

Blooterskite

Hen's Wheech

Nebhowker

Chunderpunder

Joobiejawjaw

Bunnert

Gochle

Skeeg

Gerse

Bizzup

Mankgub

Humlum

Peengiedraars

Cundiemooth

Bumcoupon

Feechs

Boakinchunks

Ploomfizz

Aw o thae words are sae coorse I widnae dream o pittin them in this buik.

"Dinnae pick on him!" said Joe. Then he instantly wished he hadnae drawn attention tae himsel again as the Gubbs taen a step towards him.

"Or whit?" said either Dave or Sue, their braith hootchin fae a poke o Skips they had recently chored fae a wee lassie in Primary Five.

"Or..." Joe searched his mind for somethin that wid crush thir bullies forever. "Or I'll be awfie scunnered at the baith o ye."

That wisnae it.

The Gubbs lauched. They wheeched whit wis left o the Cadbury's Dairy Mulk bar oot o Boab's haun and then grupped his airms. They heezed him up and, as Boab yowled for help, they cowped him intae the wheelie bin. Afore Joe could say onythin else the Gubbs were mairchin aff doon the road lauchin, their mooths stappit fu o chored chocolate.

Joe hauled ower a widden crate, then stood on it tae gie himsel mair hicht. He leaned doon intae the bin and got a haud o Boab unner the oxters. Wi a muckle heave, he sterted tae pou his heavy freend oot o the bin.

"Are ye awricht?" he spiered, as he strauchled tae tak Boab's wecht.

"Oh, aye. They dae this tae me jist aboot ivry day," said Boab. He poued dauds o spaghetti and parmesan cheese oot o his curly hair – some o it micht hae been there since the last time the Gubb twins cowped him in a bin.

"Weel, why dae ye no tell yer maw?"

"I dinnae want her worryin aboot me. She's got enough tae worry aboot awready," replied Boab.

"Mibbe ye should tell a dominie then."

"The Gubbs said if I ever clyped on them, they wid really pan me in. They ken whaur I bide and even if they got kicked oot o the schuil they wid aye find me," said Boab. He looked like he wis aboot tae greet. Joe didnae like tae see his new freend aw upset. "Yin day, I'll get ma ain back. I will. Ma dad ayewis used tae say the best wey tae beat bullies is tae staund up tae them. Yin day I will."

Joe keeked at his new freend. Staundin there in his unnerwear, happit in dauds o Italian scran. He thocht o Boab staundin up tae the Gubbs. The fat boay wid get murdert.

But mibbe there's anither wey, he thocht. *Mibbe I can get the Gubbs aff his back and keep them aff it.*

He smiled. He aye felt bad aboot peyin Boab tae cam last in the race. Noo he could mak up for it. If his plan worked oot, he and Boab were gonnae be mair than jist freends. They were gonnae be *best* freends.

7

Firrits on Toast

"I bocht ye somethin," said Joe. He and Boab were sittin on the bench in the playgroond, watchin the mair fit weans playin fitba.

"Jist because ye're a billionaire, it doesnae mean ye hae tae buy me onythin," said Boab.

"I ken, but..." Joe brocht a muckle bar o Dairy Mulk oot o his poke. Boab couldnae stap his een fae lichtin up a wee bit.

"C'moan we'll share it," said Joe, afore brekkin aff a tottie square o chocolate. Then brekkin that tottie square in hauf.

Boab looked hertbroken.

"I'm ainly jokin!" said Joe. "Here." He haundit Boab the bar tae help himsel.

"Oh, naw," said Boab.

"Whit?" said Joe.

Boab pointit. The Gubbs were walkin slowly across the playgroond towards them, richt through the games o fitba. No that onybody daured tae complain.

"Quick, bolt!" said Boab.

"Whaur?"

"The denner haw. They widnae daur gang in there. Naebody does."

"Why no?"

"Ye'll see."

When they brust intae the denner haw it wis completely desertit, apairt fae a lane denner wifie.

The Gubbs brust in a wheen paces ahint them, their genders aye loast unner hunners o hair.

"If ye arenae eatin, get oot!" shouted Mrs Scone.

"But Mrs Scone...?" said either Dave or Sue.

"I SAID 'OOT'!"

The hackit twins retreatit girnin and groolin unner their honkin braith, as Joe and Boab shauchled ower tae the servin coonter.

Mrs Scone wis a muckle, smiley sowel o aboot denner-wifie age. Boab had explained on the wey tae the canteen that she wis a kind buddie, but her food was truly bowfin. The weans in the schuil wid raither dee than eat onythin she cooked. In fact they probably *wid* dee if they ate onythin she cooked.

"Fa's that?" said Mrs Scone, peerin at Joe.

"This is ma freend, Joe," said Boab. In spite o the awfie guff in the canteen, Joe felt warmth spreid through him. Naebody had ever cawed him their freend afore!

"Noo fit wid you like the day, loons?" Mrs Scone said wi a couthie smile. "I hae an affa guid brock and ingan pie. Some deep-fried roost. Or for the vegetarians I hae jaiket tatties wi soack cheese."

"Mmm, it aw looks sae braw," said Boab, leein as the Gubbs glowered in at them through the clatty windaes.

Mrs Scone's cookin wis truly unscrannable. A typical week's menu for the schuil canteen looked like this:

Monday

Soup o the day – Bumbee

Firrits on toast

Or

Lugwax lasagne (vegetarian option)

Or

Bunnet cutlet

Aw served wi deep-fried Christmas cairds

Puddin – Fingirnail fritters

Tuesday

Soup o the day – Hairy oobit broth

Macaroni snochters (vegetarian
option)

Or

Deid-rat burger

Or

Forkie-tailie pie

Aw served wi speeder leg salad

Puddin – Tractor ile tiramisu

Wednesday

Soup o the day – Cream o semmit

Papingo risotto (micht contain nits)

Or

Puddock pizza

Or

Piece and breid (bit o breid atween

twa bits o breid)

Or

Char-grilled kittlin (healthy option)

Or

Jannie's bin surprise

Aw served wi either biled widd or

deep-fried drawin peens

Puddin – Squirrel droappins tairt

wi cream or ice cream

Thursday: Indian Day

Soup o the day – Baffie

For sterters – Peeliwallie poppadoms

(extra pale or pale as a ghaist)

wi chutney

Main coorse – Stoorie tandoori

(vegan)

Or

Kelpie korma (gey hoat)

Or

Doo vindaloo (burnie hoat)

Aw served wi bubblyjock bhajis

Puddin – Saunpit sorbet

Friday

Soup o the day – Sheltie
Hoolet schnitzel

Or

Sweet and soor gowf baws (kosher)

Or

Biled poodle (no suitable for
vegetarians)

Aw served wi a punnet o gravy

Puddin – Moose mousse

"It's sae haurd tae choose..." said Boab, desperately scoorin the trays o scran for somethin scrannable. "Mmm, I think we'll jist hae twa jaiket tatties please."

"Is there ony chaunce I could hae it wioot the soack cheese?" pleadit Joe.

Boab looked at Mrs Scone, secretly hopin he wid never hae tae eat ony o this coo manure.

"I could sprinkle on some lugwax shavins if ye want? Or a shooerin o dandruff?"

"Mmm, I think I will jist hae it totally plain please," said Joe.

"Some biled foost on the side mibbe? Yous are growin laddies..." offered Mrs Scone, wieldin a servin spuin o somethin green and awfie.

Joe clappit his muckle belly. "I'm on a diet, Mrs Scone."

"Me and aw," said Boab.

"Fit a shame, boays," said the denner wifie

doolfully. "I hae a smashin puddin on the day. Jeeliefush and custart."

"Ma absolute favourite as weel!" said Joe. "Whit a scunner!"

He taen his tray tae yin o the toom tables and sat doon. As he pit his knife and fork intae the tattie he realised that Mrs Scone hadnae even bothered tae cook it.

"Foo are yer tatties?" cawed Mrs Scone across the haw.

"Oh, fair lappin them up, thank ye, Mrs Scone," Joe cawed back, as he pushed his raw tattie roond the plate. It wis aye mingin wi clats o earth and he noticed a mauk burrowin oot o it. "I hate it when they are biled tae deeth. This is jist perfect!"

"Gled tae hear it!" she said.

Boab wis tryin tae chaw his but it wis sae utterly unscrannable he sterted greetin.

"Somethin wrang, son?" cawed Mrs Scone.

"Naw, it's jist sae braw that I'm greetin tears o joy!" said Boab.

DDDDDDDDDRRRRRRRRRR IIII IIIIIIIINNNNNNNNNGGGG GGGGGG!

Yince again, that wisnae yer doorbell, reader. That wis the bell tae signal the end o denner time.

Joe let oot a sech o relief. Denner oor wis feenished.

"Och, whit a shame, Mrs Scone," said Joe. "We hae tae gang tae oor Maths lesson noo."

Mrs Scone hirpled ower and glowered at their plates.

"Ye've nae even touched them!" she said.

"Sorry. It wis jist sae fillin. And awfie awfie tasty though," said Joe.

"Mmmm," agreed Boab, still bubblin.

"Weel, nae maitter. I can pit them in the fridge for ye and ye can feenish them aff the morra."

Joe and Boab baith turnt peeliwallie.

"Really, I dinnae want ye tae gang tae ony trouble," said Joe.

"Nae trouble at aa. See ye then. And I've got some specials the morra. It's anniversary o the bombin o Pearl Herbour, sae it's Japanese day. I'm daein ma oxter hair sushi, follaed by todtail tempura ...Boays? ...Boays?"

"I think the Gubbs are awa," said Boab as they slippit oot o the canteen. "I've jist got tae nip tae the toilet."

"I'll wait on ye," said Joe. He leaned against the waw as Boab disappeart through the cludgie door. Usually Joe wid hae said that schuil toilets were mingin – and he'd hae been feart tae use them efter the privacy of his ain en-en-suite cludgie wi its emperor-size bath. But the truth wis that the schuil cludgies didnae reek hauf as bad as the schuil canteen.

Suddently Joe sensed twa figures loomin ahint him. He didnae need tae turn roond. He kent it wis the Gubbs. "Whaur is he?" said yin.

"He's in the boays' toilets, but ye cannae go in there," said Joe. "Weel, no the baith o ye, onywey."

"Whaur's the chocolate bar?" spiered the ither.

"Boab's got it," said Joe.

"Weel, we'll wait on him then," said the Gubb.

The ither Gubb turnt tae Joe, a deidly look in its ee. "Noo gie's a poond. Or I'm gonnae gie you a deid airm."

Joe gowped. "Actually...I'm gled I bumped intae you twa boays, weel, boay and lassie, obviously."

"Obviously," said Dave or Sue. "Noo gie's a poond."

"Hing on," said Joe. "It's jist ...I wis wunnerin if –"

"Gie him a deid airm, Sue," said a Gubb, lettin on for mibbe the first time which o the twins wis male and which wis female. But then the Gubbs grupped Joe and birled him roond, and he loast track again.

"Naw! Wait," said Joe. "The thing is, I want tae mak you twa an offer..."

8

The Carline

DDDDDDDRRRRRRRRRIIIIIIIIINNN NNNNGGGGGGGGG!

"The bell is a signal for me, no you!" said Miss Nippit shairply. Dominies love sayin that. It's yin o their catchphrases, as I'm sure ye ken. The aw-time tap ten o dominies' catchphrases gangs like this:

 At ten... "Walk, dinnae rin!"

 A non-mover at nine... "Are you chawin?"

Up three places tae eicht... "Dae ye think ah'm staundin here for the guid o ma health?"

A former nummer yin at seeven... "It doesnae need a discussion."

A new entry at sax... "Hoo mony times dae you need tae be telt?"

Doon yin place at five... "Wheesht!"

Anither non-mover at fower... "Caw canny on the plastic widd, laddie!"

New at three... "We'd be better gettin the desks tae sit the exams!"

Jist missin oot on the tap spoat at twa... "Ye widnae dae that at hame, wid ye?"

And aye at nummer yin... "Ye're no jist lettin yersel doon. Ye're lettin the haill schuil doon and aw!"

Takkin the History lesson wis Miss Nippit. Miss Nippit honked o foostie kail. That wis the brawest thing aboot her. She wis yin o the schuil's maist frichtsome dominies. When she smiled she looked like a crocodile that wis aboot tae eat ye. Miss Nippit loved nothin mair than giein oot punishments, yince suspendin a lassie for drappin a pea on the flair o the schuil canteen. "That pea could hae had somebody's ee oot!" she had yowled.

The bairns at the schuil had fun thinkin up nicknames for their dominies. Some were couthie, ithers cruel. Mr Paxton the French teacher wis 'Tomatae', because he had a muckle roond reid coupon like a tomatae. The heidmaister, Mr Stoor, wis cawed 'The Tortie' because he looked like yin. He wis awfie auld, gey runklie, and walked verra verra slowly. The deputy heid, Mr Oxbrow, wis 'Mr Oxters,' because he guffed, especially in the summer. And Mrs MacDonald, the biology teacher, wis cawed either 'The Beardit Lady' or even 'Hairy Maclary fae Donaldson's Dairy' because she... weel, I'll let ye work that yin oot for yersel.

But the weans cawed Miss Nippit 'The Carline' because she wis an auld witch. It wis the ainly name that fittit her perfectly and wis passed doon through generations o pupils at the schuil.

Mind ye, aw the bairns she learned passed their exams. They were ower feart no tae.

"We still hae the smaw maitter o last nicht's hamework," Miss Nippit annoonced wi a smile that suggestit she wis sleekitly hopin somebody hadnae done it.

Joe raxed his haun intae his bag. Nichtmare. His jotter wisnae there. He had spent aw nicht scrievin this awfie borin five-hunner-word essay aboot some auld deid Queen, but in the rush tae get tae the schuil on time he must hae left it on his bed.

Och, naw, he thocht. *Och naw naw naw naw naw...*

Joe looked ower at Boab, but aw his freend could dae wis shrug his shooders in sympathy.

Miss Nippit stalked the clessroom like a Tyrannosaurus Rex decidin which wee craitur it wis gonnae scoff first. Tae her obvious disappointment, a field o clatty wee hauns held up essay efter essay. She gaithered them in, afore stappin at Spud.

"Miss...?" he stootered.

"Aaayyyye Ssspppuuudddd?" said Miss Nippit, makkin her words as lang as possible sae she could sook aw the pleisure oot o the moment.

"I did dae it, but..."

"Oh aye, coorse ye did it!" The Carline keckled. Aw the ither weans forby Boab snichered tae. Nothin wis mair fun than seein somebody else get intae trouble.

"I left it at hame."

"Litter duty!" the dominie snashed.

"I'm no leein, Miss. And ma da's at hame the day, sae I could –"

"I kent it. Yer faither clearly hasnae got twa pennies tae rub thegither and is on the dole, sittin at hame watchin daytime TV – and nae doot you'll be daein the same thing in ten years' time. Aye...?"

Joe and Boab catchit each ither's look and smiled.

"Er..." said Joe. "If I caw him and spier him tae bring the essay ower here, wid ye believe me?"

Miss Nippit smiled a braid smile. She wis gonnae enjoy this.

"Spud, I will gie you fufteen meenits exactly tae pit this essay in ma haun. I hope yer faither is quick."

"But –" sterted Joe.

"Nae 'buts' laddie. Fufteen meenits."

"Weel thank you awfie muckle Miss," said Joe sarcastically.

"Ye're verra weelcome," said the Carline. "I like tae think that awbody gets a fair chaunce tae rectify their errors in ma cless."

She turnt tae the lave o the cless. "The lave o ye are lowsed," she said.

Weans sterted skailin oot intae the corridor. Miss Nippit leaned efter them and skraiked, "Walk, dinnae rin!"

Miss Nippit couldnae resist anither catchphrase. She wis the queen o the catchphrase. And noo she jist couldnae help it.

"It doesnae need a discussion!" she cawed efter her pupils, even though naebody wis discussin onythin. But Miss Nippit wis on a roll noo. "Are you chawin?" she yowled doon the corridor at a passin schuil inspector.

"Fufteen meenits, Miss?" said Joe.

Miss Nippit studied her wee antique watch. "Fowerteen meenits, fufty yin saiconts, if ye're coontin."

Joe gowped. Wis his da gonnae be able tae get here that fast?

9

"Fingir?"

"Fingir?" spiered Boab, as he offered hauf o his Twix tae his freend.

"Thank you, pal," said Joe. They stood in a quiet neuk o the playgroond and contemplatit Joe's dreich fate.

"Whit are ye gonnae dae?"

"I dinnae ken. I textit ma da. But there's nae wey he can get here in fufteen meenits. Whit can I dae?"

A wheen ideas wheeched through Joe's heid.

He could invent a time machine and traivel

back in time and mind no tae forget his hamework. It micht be a bit haurd tae dae though, because if time machines *had* ever been inventit then mibbe somebody wid hae cam back fae the future and and telt Piers Morgan tae shut his geggie!

Joe could gang back tae the clessroom and tell Miss Nippit that 'the teeger had eaten it'. This wid ainly be hauf a lee, as they did hae a private zoo and a teeger. Cawed Geoff. And an alligator cawed Jeannie.

Become a nun. He wid hae tae bide in a nunnery and spend his days sayin prayers and chantin hymns and daein general religious stuff. On the ae haun the nunnery wid gie him sanctuary fae Mrs Nippit and he did look guid in bleck, but on the tither haun he micht get bored tae deeth.

Awa and bide on anither planet. Venus is nearest, but it micht be safer tae gang tae Neptune.

Stey for the lave o his life unnergroond. Mibbe even stert a clan that bides unnergroond and create a haill secret society o folk that aw owed Miss Nippit hamework.

Hae plastic surgery and chynge his identity. Then live oot the lave o his life as an auld wummin cawed Winnie.

Become inveesible. But Joe had nae idea hoo he wid manage that yin.

Rin doon tae the local buikshoap and buy a copy o *Hoo tae Learn Mind Control in Ten Meenits* by Professor Stephen Haste-Ye-Back and awfie quickly hypnotise Miss Nippit intae thinkin he had awready gien her his hamework.

Guise himsel up as a plate o Spaghetti Bolognese.

Bribe the schuil nurse intae tellin Miss Nippit he wis deid.

Pose himsel in a bush for the lave o his life. He could haud oot on a diet o wirms and forkie-tailies.

Paint himsel blue and stert a new life as a Smurf.

Joe had haurdly had time tae gang through aw the options when twa kenspeckle shaddas loomed ahint them.

"Boab," said yin o them, in a voice that belanged neither loon nor quine.

The laddies turnt roond. Boab, seik o fechtin, jist haundit ower his slichtly nabbled fingir o Twix.

"Dinna worry," he whuspered tae Joe. "I've posed a guid wheen Smairties doon ma soack."

"We dinnae want yer Twix," said Gubb nummer yin.

"Naw?" said Boab. His mind sterted racin. *Mibbe the Gubbs ken aboot the Smairties,* he thocht. *Hoo can thae twa possibly ken I pit them doon ma soack?*

"Naw, we jist wantit tae say we are awfie sorry for bullyin ye," said Gubb nummer twa.

"And as a gesture o freendship and guid will, we wid like tae invite ye roond for yer tea," said Gubb nummer yin.

"Ma tea?" spiered Boab. He couldnae credit it.

"Aye, and mibbe we can aw play Deid Man's Faw thegither," cairried on Gubb nummer twa.

Boab looked at his freend, but Joe jist shrugged his shooders.

"Thank you, boays, I mean boay and lassie, obviously..."

"Obviously," said an unidentified Gubb.

"...but I'm a bit busy the nicht," cairried on Boab.

"Mibbe anither time," said a Gubb, as the twins nashed awa.

"That wis streenge," said Boab, howkin oot some Smairties that had a faint honk o soack. "I couldnae imagine a nicht when I wid want tae gang roond and play Deid Man's Faw wi thae twa. Even if I lived tae I wis a hunner year auld."

"Aye, awfie streenge..." said Joe, joukin Boab's een.

At that meenit, a deefenin rair wheeshtit the playgroond. Joe keeked up. A helicopter wis hoverin owerheid. Aw the fitba gemmes instantly stapped, and weans raced aw weys oot o the road o the descendin aircraft. Scran fae hunners o piece boaxes wis wheeched up intae the air by the stooshie o the blades. Pokes o Quavers, a mint-chocolate Aero, even a Müller Fruit Coarner daunced aboot in the birlin air, afore smashin tae the groond as the engine shut doon and the blades slowed tae a stap.

Mr Spud lowped oot o the passenger seat and raced across the playgroond haudin the essay.

Och naw! thocht Joe.

Mr Spud wis wearin a broon toupee that he held on tae his heid wi baith hauns, and an aw-in-wan gowd jumpsuit wi 'BAHOOKIE AIR' embleezoned on the back in spairklie letters.

Joe felt like he wis gonnae drap doon deid fae embarrassment. He tried tae hide himsel ahint yin o the aulder bairns. Hooever, he wis ower fat and his da spottit him.

"Joe! Joe! There ye are!" shouted Mr Spud.

Aw the ither weans gowked at Joe. They hadnae peyed muckle attention tae this short fat new boay afore. Noo it turnt oot his da had a helicopter. A real-life helicopter! Jings!

"Here's yer essay, son. I hope that's awricht. And I realised I forgot tae gie ye yer denner money. Here's five hunner poond."

Mr Spud poued oot a wad o brent-new fufty-poond notes fae his zebra-skin wallet. Joe pushed the siller awa, as aw the ither weans looked on seikened wi envy.

"Will I pick ye up and tak ye hame at fower o'clock son?" spiered Mr Spud.

"Dinna worry aboot me, Da. I'll jist get the

bus, thanks," muttered Joe, lookin doon at the groond.

"Ye can tak *me* hame in yer helicopter, big yin!" said yin o the aulder laddies.

"And me!" shouted anither.

"Me and aw!"

"Me, tae!"

"ME!!"

"TAK ME!!!"

Soon aw the weans in the playgroond were shoutin and wavin at this short, fat mannie in the gowd jumpsuit.

Mr Spud lauched. "Mibbe ye can invite some o yer freends ower at the weekend and they can aw hae a helicopter ride!" he pronoonced wi a smile.

A muckle cheer rang oot across the playgroond.

"But Da..." That wis the last thing Joe wantit. For awbody tae see hoo glaikitly expensive their hoose wis and aw the crazy gear they owned. He keeked at his plastic digital watch. He had less than thirty saiconts tae go.

"Da, I've got tae hurry," blurtit oot Joe. He taen the essay oot o his faither's hauns and raced intae the main schuil buildin as gleg as his short fat shanks wid cairry him.

Rinnin up the stairs, he raced past the unbelievably auld heidmaister, wha wis makkin his wey doon on a Stannah Stairlift. Mr Stoor looked at least a hunner, but wis probably aulder. He wis mair suitit tae bein an exhibit in the Naitural History Museum than bein in chairge o a schuil, but he wis hermless enough.

"Walk, dinnae rin!" he mummled. Even awfie auld dominies are fond o their catchphrases.

Hurlin himsel alang the corridor tae the clessroom whaur Miss Nippit wis waitin, Joe realised hauf the schuil wis follaein him. He even heard somebody shout, "Haw, Bahookie Wheech Boay!"

Nothin dauntit, he pushed on, brustin intae the clessroom. The Carline wis haudin her watch in her haun.

"I've got it, Miss Nippit!" Joe annoonced.

"Ye're five saiconts late!" she annoonced back.

"Ye hae tae be jokin, Miss!" Joe couldnae believe onybody could be sae awfie. He glisked ahint him and saw hunners o pupils gawpin at him through the gless. There wis sic a stooshie tae get a keek at the richest laddie in the schuil, or mibbe even the haill warld, the weans were pushin their nebs up against the gless. Fae whaur Joe wis staundin, they looked like a clan o piggie bairns.

"Litter duty!" said Miss Nippit.

"But Miss –"

"A week's litter duty!"

"Miss –"

"Yin month's litter duty!"

Joe decided tae say nothin this time and shauchled oot the clessroom. He closed the door ahint him. In the corridor hunners o wee pairs o een were aye gawpin at him.

"Haw! Billionaire Bairn!" cam a deep voice fae the back. It wis yin o the aulder laddies, but Joe couldnae tell which yin. In sixth year *aw* the laddies had moustaches and Ford Fiestas. Aw the wee mooths lauched.

"Gie's a len o a million pund!" somebody shouted. The lauchter wis noo deefenin. The rammy o noise clooded the air.

Ma life is officially ower and done wi, thocht Joe.

10

Dugs' Slavers

As Joe plowdered across the playgroond tae the denner haw, aw the ither weans croodit aroond him. Joe kept his heid doon. He didnae like this instant stardom at aw. Voices skirled aroond him.

"Haw, Bahookie Boay! I'll be yer best cocksparra!"

"Ma bike's been chored. Buy us a new yin, pal."

"Gie's a len o a fiver..."

"Gonnae let us be yer boadyguaird!"

"Dae you ken Justin Timberlake?"

"Ma granny's needin a new bungalow, gie's a hunner grand then, neebs!"

"Hoo mony helicopters hiv ye goat?"

"Whit are ye daein comin tae schuil for onywey? Ye're mintit!"

"Can I hae yer autograph?"

"Why no hae a muckle pairty at your bit on Setterday nicht?"

"Can I get a lifetime's supply o cludgie rolls?"

"Why dae ye no jist buy the schuil and sack aw the dominies?"

"Can ye jist buy me a poke o Maltesers? Awricht then, yin Malteser? You are saaee steengie!"

Joe sterted rinnin. The crood sterted rinnin. Joe slowed doon. The crood slowed doon. Joe turnt and walked in the ither direction. The crood turnt and walked the same wey.

A wee ginger-heidit lassie tried tae grab his bag, and he skelped her haun awa wi his nieve.

"Uyah! Ma haun is probably broken," she girned. "I am gonnae sue ye for ten million poond."

"Skelp me!" said anither voice.

"Naw me! Skelp me!" said anither.

A tall boay wi glesses had a better idea. "Kick me richt here in the dowper and we can settle oot o coort for twa million! Please?"

Joe sprintit intae the schuil denner haw. That wis the yin place that wis guaranteed tae be desertit at denner time. Joe strauchled tae push the double doors back on the tsunami o schuilbairns, but it wis nae use. They brust through, floodin the haw.

"FOARM AN ORDERLY QUEUE!" shouted Mrs Scone. Joe walked up tae the servin coonter.

"Noo fit wid ye like the day, young Joe?" she said wi a warm smile. "I hae an affa sair stingin nettle soup for sterters."

"I amnae aw that hungert the day, mibbe I'll go strecht tae a main coorse, Mrs Scone."

"It's chucken breist."

"Och, that soonds braw."

"Aye, it cams in a dugs' slavers sauce. Or for vegetarians I hae deep-fried Blu-tack."

Joe gowped. "Mmm, it's sae haurd tae decide. Ken, I had some dugs' slavers jist last nicht."

"Fit a shame. I'll gie ye a plate o the deep-fried Blu-tack then," said the denner wifie, as she papped a daud o somethin blue and creeshie and boak-inducin ontae Joe's plate.

"If ye're nae haein yer denner, then get oot!" yelloched Mrs Scone at the crood aye hingin aboot at the doors.

"Spud's da's got a helicopter Mrs Scone," cam a voice fae the back.

"He's super-mintit!" cam anither.

"He's chynged!" cam a third.

"Jist gie me a deid airm, Spud, and I'll tak a quarter o a million," cam a tottie wee voice fae the back.

"I SAID OOT!" shouted Mrs Scone. Girnin and grummlin, the crood shauchled oot, and had tae content themsels wi gowkin in at Joe through the clatty windaes.

Wi his knife he taen the batter aff the blue lump unnerneath. Noo that raw tattie seemed like the scran o the godes. Efter a wheen meenits Mrs Scone hirpled ower tae his table.

"Fit are they aa glowerin at ye like that for?"

she spiered in a couthie voice, as she slowly sloonged her heavy frame doon nixt tae him.

"Weel, it's a lang story, Mrs Scone."

"Ye can tell me, darlin," said Mrs Scone. "I am a squeel denner lady. I doot I've heard it aa."

"Richt, weel..." Joe feenished chawin the muckle lump o Blu-tack he had in his mooth,

and telt the auld denner wifie awthin. Aboot hoo his faither had inventit 'BahookieWheech', hoo they steyed in a muckle big mansion, hoo they yince had an orang-utan as a butler (she wis awfie jealous o that bit), and hoo naebody wid hae jaloused a thing if his glaikit da hadnae landit his glaikit helicopter in the playgroond.

Aw the time he talked, the ither weans cairred on gowkin and glowerin through the windaes at him like he wis an animal at the zoo.

"I am sae sorry, Joe," said Mrs Scone. "It must be affa for ye. Ye peer thing. Weel, no *peer* exactly, but ye ken fit I mean."

"Thank ye, Mrs Scone." Joe wis surprised onybody wid ever feel sorry for somebody that had awthin. "It's no easy. I dinnae ken wha tae trust ony mair. Aw the weans in the schuil seem tae want somethin fae me noo."

"Aye, nae doot," said Mrs Scone, bringin oot an M&S piece fae her bag.

"Ye bring a piece?" spiered Joe, taen aback.

"Aye, I widnae eat this fool muck. It's gads, min!" she said. Her haun creepit across the table and restit on his.

"Weel, thanks for listenin, Mrs Scone."

"That's nae bother, Joe. I am here for ye

onytime. Ye ken that – onytime." She smiled. Joe smiled tae. "Noo..." said Mrs Scone. "I jist need ten thoosand pund for an operation sae I can get mysel a new hurdie..."

11

Campin Holiday

"Ye missed a bit," said Boab.

Joe bent doon and picked up anither daud o litter fae the playgroond and pit it in the plastic poke Miss Nippit had sae generously gien him. It wis five o'clock noo and the playgroond wis desertit. Aw that wis left o the ither bairns wis their litter.

"I thocht ye said ye were gonnae help me," Joe girned at Boab.

"I am helpin ye! There's anither bit." Boab pointit tae anither sweetie paper that wis lyin on the asphalt, as he scranned his wey through a poke o crisps. Joe bent doon tae pick it up. It wis a Twix wrapper. Probably the yin he had drapped on the groond earlier that day himsel.

"Weel I doot awbody kens hoo rich ye are noo, Joe," said Boab. "Sorry aboot that."

"Aye, I suppose sae."

"Bet ye aw the weans at the schuil are gonnae want tae be yer freend..." said Boab, quietly. When Joe looked at him, Boab turnt awa.

"Mibbe," Joe smiled. "But it means mair that we were freends afore awbody kent."

Boab grinned. "Braw," he said. Then he pointit tae the groond at his feet. "Ye missed anither bit there, Joe."

"Thanks, Boab," seched Joe, as he bent doon again, this time tae pick up the crisp poke his freend had jist drapped.

"Och, naw," said Boab.

"Whit's wrang?"

"Gubbs!"

"Whaur?"

"Ower by the bike shed. Whit dae they want?"

Hingin aboot ahint the shed were the twins. When they spottit Joe and Boab, they waved.

"I dinnae ken whit wis warse," continued Boab. "Bein bullied by them or bein invitit roond for ma tea by them."

"HULLO, BOAB!" shouted yin Gubb, as they sterted hauchlin towards them.

"Hiya, Gubbs," Boab cawed back wabbitly.

Wioot pause, the twa bullies won ower tae whaur the twa laddies were staundin.

"We've been thinkin," continued the ither. "We're gaun on a campin trip at the weekend. Wid ye like tae come?"

Boab looked tae Joe for help. A campin holiday wi thir twa wis an invitation that wis no verra invitin.

"Och, whit a shame," said Boab. "I'm daein... eh... stuff...this weekend."

"Nixt weekend?" spiered Gubb yin.

"That yin as weel, I'm afraid."

"The yin efter that?" spiered the ither.

"Completely..." stootered Boab, "...up tae ma oxters wi things and stuff I've got tae dae. Awfie sorry. It soonds like it wid be guid fun. Onywey, see yous twa the morra. Sorry, I wid love tae blether but I hae tae help Joe wi his litter duty. Cheerio!"

"Ony weekend nixt year?" spiered the first Gubb.

Boab stapped. "Um...er...um...nixt year is awfie busy for me. Sae I'd really really love tae but I'm awfie awfie sorry..."

"Hoo aboot the year efter?" spiered Gubb Twa. "Ony free weekends? We've got a braw tent."

Boab couldnae keep it in ony langer.

"Look. Yin day ye're bullyin me, the nixt ye're invitin me tae spend the weekend wi ye in a tent! Whit in the name o the wee man is gaun on?"

Noo the Gubbs looked tae Joe for help. "Joe?" said yin o them.

"We thocht it wid be easy bein guid tae Bloab," said the ither. "But he jist says naw tae awthin. Whit dae ye want us tae dae, Joe?"

Joe coaffed, no verra subtly. But the Gubbs didnae seem tae tak the hint.

"Did you pey them tae no bully me?" demandit Boab.

"Naw," replied Joe, convincin naebody.

Boab turnt tae the Gubbs. "*Did* he?" he demandit.

"Nawaye..." said the Gubbs. "We mean ayenaw."

"Hoo much did he pey ye?"

The Gubbs looked tae Joe for help again. But it wis ower late. The gemme wis a bogey.

"Ten poond each," said a Gubb. "And we *saw* the helicopter, Spud. We're no dippit. We want mair siller."

"Aye!" continued the ither. "And ye're gaun

in the bin, Joe, unless ye gie us...eleeven poond each. First thing the morra."

The Gubbs stramped aff.

Boab's een filled wi tears o anger. "Ye think money is the answer tae awthin, don't ye?"

Joe wis dumfoonert. He had peyed aff the Gubbs tae *help* Boab. He wis utterly bumbazed that his freend wis sae upset. "Boab, I wis tryin tae help ye, I didnae – "

"I'm no some charity case, ye ken."

"I ken that, I wis jist..."

"Aye?"

"I jist didnae want tae see ye get pit in the bin again."

"Richt," said Boab. "Sae ye thocht it wid be better if the Gubbs freaked me oot by turnin aw freendly and gaun on aboot campin trips."

"Weel, they sort o come up wi the campin trip thing on their ain. But aye."

Boab shook his heid. "I cannae believe you. Ye're sic a...sic a...speylt brat!"

"Whit?" said Joe. "I wis jist helpin ye oot! Dae ye want tae go back in the bin and get yer chocolate chored aw the time?"

"Aye!" shouted Boab. "Aye, I wid! I'll fecht ma ain battles, thank ye verra much!"

"Suit yersel," said Joe. "Hae fun gettin pit in the bin."

"I will," replied Boab afore stoarmin aff.

"Tube!" shouted Joe, but Boab didnae turn back.

Joe stood alane. A sea o litter surroondit him. He stabbed a Mars wrapper wi his litter stick. He couldnae believe Boab. He thocht he'd foond a freend, but aw he'd really foond wis a selfish, crabbit, ungratefu...*Ploomfizz!*

12

Page 3 Stotta

"...and the Carline still made me dae litter duty!" said Joe. He wis sittin wi his da at yin end o the highly polished thoosand-seater dinin-room table waitin on his tea. Impossibly muckle diamond candelabras hung owerheid, and paintins that werenae bonnie tae look at but cost millions o poonds covered the waws.

"Even efter I drapped yer hamework aff in the chopper?" said Mr Spud, crabbitly.

"Aye, it wisnae fair!" replied Joe.

"I didnae invent a double sidit moist/dry toilet tissue for ma son tae be pit on litter duty!"

"I ken," said Joe. "That Miss Nippit is a bizzum."

"I'm gonnae flee tae that schuil the morra and gie that teacher o yours a guid tellin aff!"

"Please dinnae, Da! It wis embarrassin enough when ye turnt up the day!"

"Sorry, son," said Mr Spud. He looked a wee bit hurt, which made Joe feel guilty. "I wis jist tryin tae help."

Joe seched. "Jist dinnae dae it again, Da. It's sae awfie awbody kennin I am the son o the BahookieWheech man."

"Weel, I cannae help that, boay! That's hoo I made aw this siller. That's hoo we stey in this muckle hoose."

"Aye...I suppose," said Joe. "Jist dinnae come turnin up in yer Bahookie Air helicopter or onythin, aye?"

"OK," said Mr Spud. "Sae, hoo ye gettin on

wi that freend o yours?"

"Boab? He's no really ma freend ony mair," replied Joe. He hung his heid a wee bit.

"Whit happent?" spiered Mr Spud. "I thocht you and him were guid pals."

"I peyed aff these bullies tae help him," said Joe. "They were makkin his life meeserable, sae I gied them some siller tae lea him alane."

"Aye, sae whit?"

"Weel, he foond oot. And then, wid ye believe it? He got aw upset and cawed me a speylt brat!"

"Why?"

"Hoo dae I ken? He said he'd raither get bullied than let me help him."

Mr Spud shook his heid in disbelief. "Boab soonds like a bit o a dumplin tae me. The thing is, when ye've got siller like we dae, ye meet a lot o ungratefu folk. I doot ye're better aff wioot this Boab character. It soonds like he doesnae unnerstaun the importance o money. If he wants tae be meeserable, let him."

"Aye," agreed Joe.

"Ye'll mak anither freend at the schuil, son," said Mr Spud. "Ye're rich. Folk like that. The sensible yins, onywey. No like this eejit Boab."

"I'm no sae sure," said Joe. "No noo that awbody kens wha I am."

"Ye will, Joe. Trust me," said Mr Spud wi a smile.

The perjinkly claithed butler cam ben the dinin room through the vast aik panelled double doors. He did a theatrical wee hoast tae get his maister's attention. "Erm, coaff! Miss Sapphire Stane, gentlemen."

Mr Spud glegly pit on his ginger toupee as Page 3 stotta Sapphire clip-cloapped intae the room in eediotically high-heeled shoon.

"Sorry eh'm late, eh wis jist at the tannin

salon," she annoonced.

Nae kiddin. Sapphire had fake tan slaistered ontae ivry inch o her skin. She wis noo orange. As orange as an orange, if no mair orange. Think o the orangiest buddie ye've ever met, then multiplee their orangeness by ten. As if she didnae look frichtfu enough awready, she wis wearin a lime green mini-froack and gruppin a shoackin pink haunbag.

"Whit's *she* daein here?" demandit Joe.

"Be guid!" moothed Da.

"Eh like yer hoose," said Sapphire, gawpin roond at the paintins and chandeliers.

"Thank you. It's jist yin o ma seeventeen hames. Butler, please tell Chef that we want oor tea noo. Whit are we haein the nicht?"

"Foie gras, Sir," replied the butler.

"Whit's that?" spiered Mr Spud.

"Specially fattened goose liver, Sir."

Sapphire rowed her een. "Eh'll jist hae a poke o crisps."

"Me and aw!" said Joe.

"And me!" said Mr Spud.

"Three pokes o tattie crisps comin richt up, Sir," snashed the butler.

"Ye look bonnie the nicht, ma angel," said Mr Spud, afore cooryin in tae Sapphire for a kiss.

"Dinnae smudge meh lip liner!" said Sapphire, as she pushed him awa rochly wi her haun.

Mr Spud wis clearly a wee bit hurt, but tried no tae shaw it. "Please tak a seat. I see ye brocht the new Dior haunbag I sent ye."

"Eh, but this ane comes in eicht colours," she girned. "Ane for ivry day o the week. Eh thocht ye were gonnae buy me aa eicht o them."

"I will, ma sweet princess..." splootered Mr Spud.

Joe gawped at his da. He couldnae believe he

had fawn for a belter like her.

"Denner is served," annoonced the butler.

"Here, ma bonnie angel o love, tak a seat," said Mr Spud, as the butler poued oot a chair for her.

Three waiters come ben the room cairryin siller trays. They cannily placed the plates doon on the table. The butler noddit and the waiters liftit the siller covers tae reveal three pokes o Saut 'n' Vinegar crisps. The trio sterted chawin. Mr Spud attemptit tae eat his crisps wi his knife and fork tae appear poash, but soon gied up.

"Noo it's ainly eleeven months tae it's meh birthday," said Sapphire. "Sae eh've made a leet o aa the presents you can beh me..."

Her fingernails were sae lang and sae fakey she could haurdly grup the piece o paper oot her pink haunbag. It wis like watchin yin o thae grabber machines at the shows whaur ye niver win onythin. Eventually she grupped it and passed it ower tae Mr Spud. Joe looked ower his da's shooder and read whit she had scartit doon.

Leet o presents for Sapphire's Birthday

A solid gowd Rolls Royce convertible

A million poond in cash

Five hunner pair o Versace sunglesses

A holiday hame in Marbella (muckle)

A bucket o diamonds

A unicorn

A box o Ferrero Rocher chocolates (muckle)

A great big massive like awfie huge yacht, ken?

A muckle tank o topical fush*

'Beverley Hills Chihuahua' on DVD

---

*I doot she means tropical fush, raither than fush that ken hunners aboot the news and current affairs.

Five thoosand bottles o Chanel perfume

Anither million poond in cash

Some gowd

Lifetime subscription tae *OK* magazine

A private jet (new please, no saicont-haun)

A talkin dug

General expensive gear

A hunner designer dresses (Eh dinnae mind which anes as lang as they are expensive. Ony anes eh dinnae like meh mither can sell them doon the mercat)

A pint o semi-skimmed mulk

Belgium

"Coorse I'll get aw thir things for ye, ma angel sent fae heiven," slavered Mr Spud.

"Thanks, Ken," said Sapphire, her mooth fu o crisps.

"It's Len," correctit Da.

"Och, eh, sorry! LOL! Len! Whut a daftie!" she said.

"Ye cannae be serious!" said Joe. "Ye're no gonnae buy her aw that stuff, are ye?"

Mr Spud gied Joe a crabbit look. "Why no, son?" he said, tryin tae haud his temper.

"Eh, how no, ya wee tube?" said Sapphire, definately no haudin *her* temper.

Joe hesitatit for a meenit. "Awbody can see ye're ainly wi ma da for his money."

"Dinnae talk tae yer mither like that!" shouted Mr Spud.

Joe's een nearly popped oot his heid. "She's no ma *mither*, she's yer stupit girlfreend and she's ainly seeven year aulder than me!"

"Hoo daur ye!" bealed Mr Spud. "Say ye're sorry."

Joe defiantly held his wheesht.

"I said, 'say sorry'!" yowled Mr Spud.

"Nut!" yowled Joe.

"Go tae yer rooms!"

Joe pushed back his chair, makkin as muckle clatter as possible, and strampèd up the stair, while the staff pretendit no tae see.

He sat on the edge o his bed and cradelt himsel in his airms. It wis a lang, lang time since onybody had cooried him, sae he cooried himsel. He squeezed his ain sabbin shooglin belly. He wis stertin tae wish that Da had never inventit 'BahookieWheech' and they aw still steyed in the cooncil flet wi Maw. Efter a few meenits, there wis a chap at the door. Joe thrawnly fauldit his airms.

"It's yer da."

"Awa ye go!" shouted Joe.

Mr Spud opened the door and sat doon nixt tae his son on the bed. He near sliddered aff the bedspreid ontae the flair. Silk sheets micht look braw, but they arenae verra practical.

Mr Spud bumlowped a wee bit nearer tae his son.

"I dinnae like tae see ma wee Spud like this. I ken ye dinnae like Sapphire, but she maks me happy. Can ye unnerstaun that?"

"No really," said Joe.

"And I ken ye had a tough day at the schuil as weel. Wi that dominie, the Carline, and wi that ungratefu boay, Boab. I'm sorry. I ken hoo muckle ye wantit a freend, and I ken I didnae mak it ony easier. I'll hae a wee blether wi the heidmaister. Try and sort things oot for ye if I can."

"Thanks, Da." Joe sniftered. "I'm sorry I wis greetin." He hesitatit for a meenit. "I dae love ye, Da."

"Ditto, son, ditto," replied Mr Spud.

13

New Lassie

The hauf-term holidays cam and then gaed awa again, and when Joe returned tae the schuil on the Monday mornin he foond he wisnae the centre o attention ony mair. There wis a new lassie at the schuil, and because she wis saaaaeeeee bonnie awbody wis talkin aboot her. When Joe walked intae his clessroom there she wis, like a muckle unexpectit present.

"Sae whit's the first lesson the day?" she spiered as they walked across the playgroond.

"Sorry?" splootered Joe.

"I said, 'whit's the first lesson the day?'" the new lassie repeatit.

"I ken, it's jist…ye're really talkin tae me?" Joe couldnae believe it.

"Aye, I am talkin tae ye," she lauched. "I'm Lauren."

"I ken." Joe wisnae sure if the fact that he minded her name made him soond cool or a complete numpty.

"Whit's your name?" she spiered.

Joe smiled. At last there wis somebody at the schuil that kent nothin aboot him.

"Ma name is Joe," he said tae Lauren.

"Joe whit?" spiered Lauren.

Joe didnae want her tae ken he wis the BahookieWheech billionaire. "Erm, Joe Tattie."

"Joe Tattie?" she spiered, mair than a wee bit surprised.

"Aye…" stootered Joe. He'd been ower whummled by her beauty tae come up wi a better alternative tae 'Spud'.

"Unusual name, Tattie," said Lauren.

"Aye, I suppose it is. It's actually pronoonced *Ta-tay*. Joe *Ta-tay*. It's French, ye ken. Sae it's no really like a 'tattie', ken, the vegetable. That wid be eediotic. Ha ha!"

Lauren tried tae lauch as weel, but she wis lookin at Joe a wee bit funny-like. *Och naw*, thocht Joe. *I ainly met this lassie a meenit ago and she awready thinks I'm a heid-the-baw.* He quickly tried tae chynge the subject. "We've got Maths nixt wi Mr Crivvens," he said.

"OK."

"And then we've got History wi Miss Nippit."

"I hate History, it's sae borin."

"Ye'll hate it even mair wi Miss Nippit. She's a guid dominie, I suppose, but aw the weans hate her. We caw her 'The Carline'!"

"That's sae funny!" said Lauren, geeglin.

Joe felt ten fit tall.

Boab boabbed intae view. "Er...Hi Joe."

"Oh, hi Boab," Joe replied. The twa former freends hadnae seen each ither ower the hauf-term holiday. Joe had spent his days alane racin roond and roond his racetrack in a new Formula Yin caur his da had bocht for him. And Boab had spent maist o the week in a bin. Whaurever

Boab wis the Gubbs seemed tae find him, lift him upside doon and cowp him in the nearest skip. Weel, that *wis* whit Boab had said he wantit.

Joe had missed Boab, but this wisnae a guid time tae mak up wi him. Richt noo he wis talkin tae the bonniest lassie in the schuil, mibbe even the bonniest lassie in the haill toun!

"I ken we havenae seen each ither in a while. But...weel...I've been thinkin aboot whit we said when ye were daein litter duty..." stootered Boab.

"Aye?"

Boab seemed a bittie taen aback by Joe's nippy tone, but cairried on. "Weel, I am sorry we fell oot, and I wid like us tae be freends again. Ye could move yer desk back sae that –"

"Dae ye mind if I talk tae ye efter, Boab?" said Joe. "I am a bit busy the noo."

"But –" began Boab, a woondit expression on his coupon.

Joe cut him aff. "I'll see ye aboot," he said.

Boab shauchled awa.

"Wha wis that? A freend o yours?" spiered Lauren.

"Naw naw naw, he's no ma freend," replied Joe. "Boab's his name, but he's sae fat awbody caws him 'Bloab'!"

Lauren lauched again. Joe felt a wee bittie seik, but he wis sae pleased tae be makkin the bonnie new lassie lauch that he pushed the feelin aw the wey doon inside him.

For the haill o the maths cless Lauren kept on lookin ower at Joe. It pit him richt aff his algebra. In History she wis definately gawpin in his direction. As Miss Nippit haivered on and on aboot the French Revolution, Joe gaed intae a dwam aboot kissin Lauren. She wis sae awfie bonnie that Joe wantit tae kiss her mair than onythin. Hooever, bein ainly twal year auld Joe had never kissed a lassie afore, and had nae idea hoo tae mak it happen.

"And the name o the king o France in 1789 wis...? Spud?"

"Aye, Miss?" Joe gowked at Miss Nippit, his rig-bane shidderin wi cauld. He hadnae been listenin at aw.

"I spiered you a question, boay. Ye hivnae been peyin attention, hiv ye? Dae ye no want tae pass yer exam?"

"Aye, Miss. I wis listenin..." stootered Joe.

"Whit's the answer then, laddie?" demandit Miss Nippit. "Wha wis king o France in 1789?"

Joe had nae idea. He wis gey sure it wisnae King Kevin II, or King Craig IV, or King Shug the Great, because kings didnae tend tae hae names like that.

"I am waitin," pronoonced Miss Nippit. The bell rang. *I'm saved!* thocht Joe.

"The bell is a signal for me, no you!" pronoonced Miss Nippit. Coorse she wis gonnae say that. She lived tae say that. It wid probably be chappit ontae on her heidstane. Lauren wis sittin ahint whaur Miss Nippit wis staundin, and she suddently waved at Joe tae get his attention. He wisnae sure whit she wis daein for a meenit, then realised she wis tryin tae help oot by mimin the answer. First she actit like somebody daein the toilet.

"King Cludgie the...?" offered Joe.

The cless aw brust oot lauchin. Lauren shook her heid. Joe had anither try. "King Shunkie?"

They lauched again.

"King Bog?"

They lauched even haurder this time.

"King Loo...? Ah, King Louis the..."

"Aye, boay?" Miss Nippit cairried on her interrogation. Ahint her Lauren mimed coontin the nummers on her fingirs.

"King Louis the fifth, the tenth, the fufteenth, saxteen! King Louis the saxteenth!" declared Joe.

Lauren mimed a wee clap.

"That's richt, Spud," said a suspeecious Miss Nippit, afore turnin tae the board and scrievin on it. "King Louis the saxteenth."

Steppin oot intae the spring sunsheen, Joe turnt tae Lauren. "You totally saved ma bahookie in there."

"That's OK. I like ye." She smiled.

"Dae ye really...?" spiered Joe.

"Aye!"

"Weel then, I wunner if..." Joe stummled ower his words. "If, weel..."

"Weel, whit...?"

"If you, weel, I mean ye probably widnae, in fact ye definately widnae, I mean, why wid ye? You're sae bonnie and I'm jist a big dumplin, but..." The words were birlin oot his mooth in aw directions noo, and Joe wis gaun reid as a tomatae wi embarrassment. "Weel, if ye wantit tae..."

Lauren taen ower the speakin for a bit. "If I wantit tae gang for a walk in the park efter schuil and mibbe get an ice lolly? Aye, I wid love tae."

"*Wid ye?*" Joe couldnae believe it.

"Aye, I wid."

"Wi me?"

"Aye, wi you, Joe Ta-tay."

Joe wis a hunner times happier than he could ever mind. It didnae even maitter that Lauren thocht his last name wis the French version o Tattie.

14

The Shape o a Kiss

"Haw!"

It had aw been gaun perfectly. Joe and Lauren had been sittin on a park bench sookin their lollies fae Raj's shoap. Raj could see Joe wis tryin tae impress this lassie, and sae made an eediotic fuss o him, giein him a yin-penny discoont on their lollies, and offerin Lauren a free keek at *Noo* magazine.

At lang last, though, they escaped fae the newsagent's shoap and foond a quiet coarner o the park, whaur they gabbed and gabbed as the meltit reid guddle o their lollies dreebled doon their fingirs. They spoke aboot awthin apairt fae Joe's faimlie life. Joe didnae want tae lee tae Lauren. He awready liked her ower muckle tae dae that. Sae when she spiered him whit his parents did he jist telt her that his da warked in 'hummin waste management' and it wis nae surprise Lauren didnae spier ony mair aboot it.

Joe desperately didnae want Lauren tae ken hoo undeemously rich he wis. Haein seen hoo Sapphire shamelessly used his da, he kent fine hoo money could ruin things.

Awthin wis perfect...until the soond o that "Haw!" speylt it aw.

The Gubb twins had been hingin aboot roond the sweengs jist yeukin for somebody tae tell them aff. Unfortunately for them, the polis, the parkie and the local meenister were aw daein somethin else. Sae when yin o them spottit Joe they boonced ower grinnin, nae doot hopin tae relieve their boredom by makkin somebody else's life a meesery for a bit.

"Haw, you! Gie us some mair money or we'll pit ye in a bin!"

"Are they talkin tae you?" whuspered Lauren.

"Aye," said Joe through grittit teeth.

"Siller!" said a Gubb. "Noo!"

Joe raxed intae his poacket. Mibbe if he gied them a twinty-poond note each they wid lea him alane, for yin day at least.

"Whit are ye daein, Joe?" spiered Lauren.

"I jist thocht..." he stootered.

"Whit's it got tae dae wi you, ya wee bizzum?" said Gubb Yin.

Joe keeked doon at the gress, but Lauren haundit Joe whit wis left o her lolly and got up fae the bench. The Gubbs looked at each ither. They werenae expectin a thirteen-year-auld lassie tae literally staund up tae them.

"Sit doon!" said Gubb Twa, as he pit his or her haun on Lauren's shooder tae push her doon ontae the bench. Lauren, hooever, grupped his or her haun and twistit it ahint his or her back, and then knocked him or her tae the gress. The

ither Gubb chairged her, sae Lauren lowped intae the air and kung-fu kicked him or her tae the groond.

Then the ither yin lowped up and tried tae huckle her, but she karate-choapped him or her on his or her shooder and he or she rin awa skraikin in pain.

(It's murder polis scrievin this when ye dinnae ken if somebody's a laddie or a lassie.)

Joe felt it wis aboot time he did somethin sae he stood up and, his legs shooglin wi fear, gaed up tae the Gubb. It wis ainly then that Joe realised he wis still haudin twa haufmeltit ice lollies. The last twin wis staundin its groond for a meenit, and then when Lauren stood ahint Joe he or she ran aff, yowlin like a dug.

"Whaur did ye learn tae fecht like that?" said Joe, astoondit.

"Och, I've jist done a couple o martial airts clesses, here and there," replied Lauren, a wee bit shoogily.

Joe jaloused he micht hae foond his dream lassie. No ainly could Lauren be his girlfreend, she could be his boadyguaird and aw!

They daunered through the park. Joe had walked through it mony times afore, but the day it seemed mair bonnie than ever. As the sunlicht daunced through the leaves on the trees on this Autumn efternoon, for a meenit awthin in Joe's life seemed perfect.

"I'd better heid hame," Lauren said, as they neared the park yett.

Joe strauchled tae hide his disappointment. He could hae daunered roond the park wi Lauren forever.

"Can I buy ye yer denner the morra?" he spiered.

Lauren smiled. "Ye dinnae hae tae buy me onythin. I'd love tae hae ma denner wi ye, though, but I'm peyin, ye unnerstaun?"

"Weel, if ye really want tae," said Joe. Jings, this lassie wis ower guid tae be true.

"Whit's the schuil canteen like?" said Lauren.

Hoo could Joe find the words? "Um, weel, it's...it's braw if ye're on an awfie strict diet."

"I love healthy scran!" said Lauren. That wisnae whit Joe meant, but it wis the best place at the schuil for a date as it wis boond tae be totally desertit.

"See ye the morra then," said Joe. He closed his een and made his lips intae the shape o a kiss. And waitit.

"See ye the morra Joe," said Lauren, afore skippin aff doon the path. Joe opened his een and smiled. He couldnae believe it! He had nearly kissed a lassie!

15

Nip and Tuck

There wis somethin no richt aboot Mrs Scone the day. She wis the same but different. As Joe and Lauren come up tae the servin coonter, Joe realised whit had chynged.

The loose skin on her fizzog had been liftit.

Her neb wis wee-er.

Her wallies were capped.

The lines on her foreheid were awa.

The bags unner her een had disappeart.

Her runkles were gane.

Her breists were faur mair muckle.

But she wis aye hirplin.

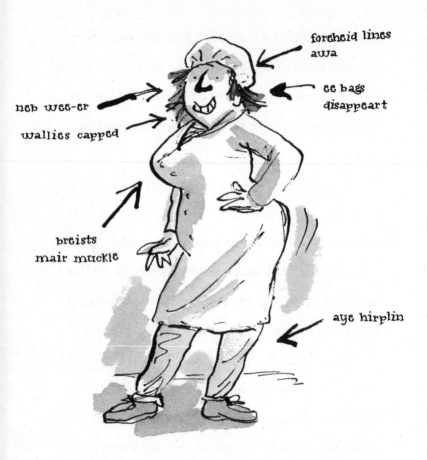

forcheid lines awa

ee bags disappeart

neb wee-er

wallies capped

breists mair muckle

aye hirplin

"Mrs Scone, ye're lookin awfie...different..." Joe said, gawpin at her.

"Div I?" replied the auld denner wifie pittin on an innocent voice. "Noo, fit dae you twa fancy the day? Roastit flittermoose? Soap soufflé? Cheese and polystyrene pizza?"

"It's sae haurd tae choose..." floondered Lauren.

"You're new, are ye no, lassie?" spiered Mrs Scone.

"Aye, I jist jined the schuil yesterday," replied Lauren, gawpin in horror at the dishes, and tryin tae work oot which yin wis the least awfie.

"Yesterday? That's streenge. I'm sure I've seen ye afore," said the denner wifie, glowerin at Lauren's perjink fizzog. "Ye look gey familiar."

Joe nebbed in. "Did you hae the hurdie replacement operation yet, Mrs Scone?" He wis stertin tae get suspeecious. "The yin I gied ye the siller for a couple o weeks ago," he whuspered, sae Lauren widnae hear.

Mrs Scone sterted tae haiver nervously. "Um, weel, na, no yet dear...why no hae a muckle scliff o my affa tasty stewed breeks flan...?"

"Did you spend aw the money I gied ye on plastic surgery?" hished Joe.

A bead o swite trinkled doon her face and plowped intae her brock snochter soup.

"I am sorry, Joe," pleadit the denner wifie. "I jist, weel, I jist ayewis wanted tae hae a couple o things...ken...rejoogled.

Joe wis that bealin wi anger he felt he had tae get oot o there. "Lauren, we're gaun," he annoonced, and she follaed as he stoarmed fae the dinin room. Mrs Scone hirpled efter them.

"If ye could jist gie me a len o anither five thoosand poond, Joe, I promise I'll hae it done this time!" she cawed efter him.

When Lauren finally caucht up wi Joe, he wis sittin alane in the faur coarner o the playgroond. She gently pit her haun on his heid tae mak him feel better.

"Whit wis aw that aboot giein her a len o five thoosand poond?" she spiered.

Joe keeked at Lauren. There wis nae wey he couldnae no tell her noo. "Ma da is Len Spud," he said dowiely. "'The BahookieWheech billionaire.' Ma name isnae Tattie. I jist said that sae ye widnae ken wha I wis. The truth is, we're eediotically rich. But when folk find oot...it tends tae ruin awthin."

"I awready ken, Joe. Some o the ither weans telt me this mornin," said Lauren.

Joe's sadness liftit for a meenit. He minded himsel that Lauren had still gane for an ice lolly wi him yesterday when she thocht he wis jist Joe. Mibbe it widnae ruin things this time. "Why did ye no say onythin?" he spiered.

"Because it doesnae maitter. I dinnae care aboot aw that. I jist like ye," she said.

Joe wis that happy he wantit tae greet. It's streenge hoo whiles ye can be sae happy ye jist stert greetin. "I really like ye and aw."

Joe moved closer tae Lauren. This wis the richt moment tae kiss! He closed his een and pushed his lips thegither.

"No here in the playgroond, Joe!" Lauren pushed him awa lauchin.

Joe turnt aw reid wi embarrassment. "I'm sorry, I shouldnae hae tried tae kiss ye." He quickly chynged the subject. "I wis jist tryin tae dae somethin guid for that auld bizzum, and aw she can dae is spend it on gettin bigger breists!"

"I ken, it's unbelievable."

"It's no the money, I dinnae care aboot the siller..."

"Naw, it's that she taen yer generosity for grantit," offered Lauren.

Joe keeked up tae meet her gaze. "Ye're richt!"

"C'moan," said Lauren. "I think whit ye need is a poke o chips. I'll buy ye some."

The local chip shoap wis hoatchin wi weans fae the secondary. They werenae allooed tae lea the schuil premises at denner time, but the scran in the canteen wis sae honkin there wis nae choice. The Gubbs were at the heid o the queue, but boltit as soon as they saw Lauren, leain their smoked sassidges sizzlin on the coonter.

The pair stood ootside on the pavement and scranned their chips. Joe couldnae mind the last time he had enjoyed sic a simple pleisure. It must hae been when he wis awfie, awfie wee. Afore the BahookieWheech billions cam and chynged awthin. Joe scoffed doon his chips, and noticed Lauren had haurdly sterted hers. He wis aye stervin, but wisnae sure whether their relationship had got tae the point whaur he could stert helpin himsel tae her food. That wis normally efter a wheen years o mairriage, and they werenae even engaged yet.

"Are ye feenished wi yours?" he ventured.

"Aye," she replied. "I dinnae want tae eat ower muckle. I'm warkin nixt week."

"Warkin? Daein whit?" said Joe.

Lauren suddently looked awfie floostered. "Whit did I say?"

"I thocht ye said ye were warkin."

"Aye aye aye, I *am* warkin." She paused, and then taen a braith. "Jist in a shoap..."

Joe wisnae convinced. "Sae why dae ye need tae be thin tae wark in a shoap?"

Lauren looked unsure o hersel. "It's an awfie narra shoap," she said. She keeked at her watch. "We've got double maths in ten meenits. We'd better gang."

Joe frooned. There wis somethin streenge gaun on here...

16

Peter Breid

"The Carline's deid!" shouted a plooky wee laddie. "Ha ha ha ha ha, the ill-trickit carline is deid!" It wisnae even registration time yet, but awready the news wis spreidin through the schuil like the flu.

"Whit dae ye mean?" spiered Joe as he taen his seat in the clessroom. On the ither side o the cless, he could see Boab, lookin ower at him wi a hingin lip. *Probably jealous aboot Lauren*, thocht Joe.

"Hiv ye no heard?" said anither even plookier boay ahint him. "Nippit's been sacked!"

"Why?" spiered Joe.

"Wha cares?!" said a boay wi even mair plooks than the ither twa lads pit thegither. "Nae mair borin History lessons!"

Joe smiled, then frooned. He hatit Miss Nippit and her dreich lessons like awbody else, but wisnae sure she had done onythin tae deserve lossin her joab. Even though she wis awfie, she wis actually a guid dominie.

"Nippit's been gien the sack!" blurtit Joe tae Lauren as she walked in.

"Aye, I heard," she replied. "It's braw news, eh no?"

"Erm, weel, I suppose sae," said Joe.

"I thocht that's whit ye wantit. You said ye couldnae staund her."

"Aye, but..." Joe hesitatit for a meenit. "I jist feel a bit, ye ken, sorry for her."

Lauren shrugged her shooders.

Meanwhile, a gang o roch-lookin lassies were sittin on desks at the back o the cless. The wee-est o the group wis pushed ower in Lauren's direction as the ithers looked on kecklin.

"Got ony Poat Noodles then?" she spiered, sendin the gang o lassies intae hoots o lauchter.

Lauren keeked ower at Joe. "I dinnae ken whit ye mean," she protestit.

"Dinnae gie's it," said the lassie. "Ye micht look different, but it's definately you."

"I hae nae idea whit ye're talkin aboot," said Lauren, a bittie floostered.

Afore Joe could speak a young man in auld man's claes come ben the clessroom and taen his position uncertainly aside the bleckboard. "Settle doon please," he said quietly. Naebody in the clessroom taen ony notice, apairt fae Joe.

"I said, 'settle doon please'..."

The new teacher's saicont sentence wis haurdly mair audible than the first. Still nane o the ither weans taen ony notice. In fact, if onythin they sterted makkin even mair soond than afore.

"That's better," said the wee man, tryin tae mak the best o it. "Noo, as ye micht awready ken Miss Nippit isnae here the day – "

"Aye, the auld boot's been gien the boot!" shouted a lood fat lassie.

"Weel, that's no...weel, aye, it is true..." the dominie cairried on in his peerie monotone. "Noo I am gaun tae be takkin ower fae Miss Nippit as yer register teacher, and I'll be teachin ye History and English as weel. Ma name is Mr Breid." He sterted scrievin his name trigly on the board. "But you can caw me Peter."

Suddenly thirty wee mooths held their wheesht as thirty wee brains whirred.

"Pita Breid!" proclaimed a ginger-heidit boay fae the back. A muckle swaw o lauchter crashed ower the clessroom. Joe had tried tae gie this puir man a chaunce, but he couldnae help but lauch.

"Please, please can I no hae some quiet?" pleadit the dominie wi the unfortunate name. But it wis nae use. The haill cless wis descendin intae a rammy. The new register teacher had done the maist glaikit thing a dominie can ever dae – hae a glaikit name. I'm no nae jokin. If ye hae a name like ony o these in the leet ablow, it is awfie awfie important that ye dinnae ever become a dominie:

Al MacDonald

Beau King

Neil Doon

Cha Brix

Guy Auld

Bea Hookie

Clare Tay

Tamsin Jile

Ben De Hoos

Rob Breeks

Don Troosers

Emma Tube

Cal Dwatter

Mary Doll

Koo Field

Rhoda Cuddy

Don Err

Ivan Affyguff

Drew Kitt

Nikki Tams

Fern Tickell

Glenn Coe

Pansy Rice

Doug Slavers

Lynne O'Dee

Cam Doone

Kirk Pew

Fay Scotland

Len Money

Bam Potts

Hans Aff

Winnie Greet

Greta Lott

Ken Little

Ringan Runawa

Wattie France

Bonnie Legge

Finn Doot

Ann Aipple

Lee Rigg

Carl Linn

Boab Bee

Reid Rose

Chae Smee

Conn di Polis

Luke Oot

Stu Pitt

Winn Dee

Myles Fitt

Seriously. Dinnae even think aboot it. The bairns in yer class will mak yer life a total nichtmare.

Noo, back tae the story...

"Richt," said the unfortunately namit dominie. "I am gaun tae tak the register. Adams?"

"Dinnae forget Margery Een!" shouted a skinnymalinky blonde-heidit boay. They aw raired wi lauchter again.

"I'm jist spierin ye aw tae be quiet," said Mr Breid in a voice like a wee lambie.

"Or Jamima Peace!" yowled anither wean. The lauchter wis deefenin noo.

Mr Breid pit his heid in his hauns. Joe could awmaist feel sorry for him. This grey wee mannie's life wis gaun tae be an utter meesery fae this day forrit.

Och naw, thocht Joe. *We're aw gonnae fail oor exams.*

17

A Chap on the Cludgie Door

There are a nummer o things ye dinnae want tae hear when ye're sittin on the toilet.

A fire alairm.

An earth-shoogle.

The rair o a hungert lion in the booth nixt door.

A muckle group o folk shoutin 'Surprise!' tae ye.

The soond o the haill toilet block gettin knocked doon by a muckle wreckin baw.

The clickin soond o somebody takkin a photie.

The soond o an electric eel sweemin up the U-bend.

Somebody dreelin a hole in the waw.

JLS singin. (Tae tell the truth, that widnae be weelcome at ony time.)

A chap on the door.

This last yin wis exactly whit Joe heard at break time when he taen a seat in the boay's cludgie.

CHAP CHAP CHAP.

Jist sae ye ken, that isnae a chap on *your* door, readers. It wis a chap on the door o Joe's cludgie.

"Wha is it?" spiered Joe, crabbitly.

"It's Boab," replied...aye, ye've guessed it: Boab.

"Awa ye go, I'm busy," said Joe.

"I need tae talk tae ye."

Joe poued the chyne, and opened the door. "Whit dae ye want?" he said as he made his wey tae the jawbox. Boab trailed efter him scrannin a poke o crisps. It wis ainly an oor since he'd been scrannin chips like awbody else, but obviously Boab got hungert gey quickly.

"Ye shouldnae be eatin crisps in the cludgie, Boab."

"Why no?"

"Because...because...I dinnae ken, because the crisps widnae like it." Joe turnt on the tap in the jawbox tae wash his hauns. "Onywey, whit dae ye want?"

Boab pit the poke in his poacket and stood ahint his former freend. He looked intae Joe's een in the mirror. "It's Lauren."

"Whit aboot her?" Joe had been *richt*. Boab wis jist jealous.

Boab looked awa for a saicont and taen a deep braith. "I dinnae think ye should trust her," he said.

Joe turnt roond, shakkin wi fury. "*Whit* did ye say?" he shouted.

Boab stepped awa, a wee bit feart. "I jist think she's..."

"SHE'S WHIT?"

"She's haein ye on."

"Haein me on?" Joe felt white-hoat wi fury.

"Loats o the ither weans think she's an actress. They said she wis in some advert, or somethin. And I saw her oot wi this ither laddie at the weekend."

"Whit?"

"Joe, I think she's jist pretendin tae like ye."

Joe pit his coupon richt up tae Boab's. He hatit bein angry like this. It frichtened him bein sae oot o control. "GONNAE SAY THAT AGAIN..."

Boab backed aff. "Look, I'm sorry, I dinnae want a fecht, I am jist tellin ye whit I saw."

"Ye're leein."

"I'm no."

"Ye're jist jealous because Lauren likes me, and ye're a fatty nae-mates."

"I'm no jealous, I'm jist worried aboot ye, Joe. I dinnae want ye tae get hurt."

"Aye?" said Joe. "You soonded awfie *worried aboot me* when ye cawed me a speylt brat."

"Honestly, I – "

"Jist lea me alane, Boab. We're no freends ony mair. I felt sorry for ye and talked tae ye, and that's the end o it."

"Whit did ye jist say? Ye felt 'sorry for me'?" Boab's een were weet wi tears.

"I didnae mean..."

"Whit, because I'm fat? Because the ither bairns bully me? Because ma da's deid?" Boab wis shoutin noo.

"Naw...I jist...I didnae mean..." Joe didnae ken whit he meant. He raxed intae his poacket and poued oot a wad o fufty poond notes, and offered them tae Boab. "Here, I'm sorry, there ye go. Buy yer maw some flooers or somethin."

Boab skelped the money oot o Joe's haun and the notes fell ontae the weet flair. "Hoo daur ye?"

"Whit did I dae noo?" protestit Joe. "Whit's wrang wi ye, Boab? I'm jist tryin tae help ye."

"I dinnae want yer help. I dinnae ever want tae speak tae you again!"

"Fine wi me!"

"And you're the yin folk should feel sorry for. Ye're nae use tae naebody." Boab stormed oot.

Joe seched, then got doon on his knees and sterted pickin up the drookit bank notes.

"That's glaikit!" Lauren said efter, wi a lauch. "I'm no an actress. I doot I'd even get a pairt in the schuil play!"

Joe tried tae lauch and aw, but couldnae dae it. They sat thegither on the bench in the playgroond, chitterin a wee bit in the cauld. Joe foond it haurd tae say the nixt sentence. He did and didnae want tae ken the answer. He taen a deep braith. "Boab said he saw ye wi anither laddie. Is that true?"

"Whit?" said Lauren.

"At the weekend. He said he saw ye oot wi somebody else." Joe looked strecht at her, tryin tae see if her fizzog gied onythin awa. For a meenit she seemed tae retreat tae the back o her een.

"He's a leear," she said efter a meenit.

"I thocht sae," said Joe relieved.

"A muckle fat leear," she cairried on. "I cannae believe ye were ever freends wi him."

"Weel, it wis jist for a wee while," wheedled Joe. "I dinnae like him ony mair."

"I hate him. Leein pig. Promise me ye winnae speak tae him ever again," said Lauren shairply.

"Weel..."

"Promise me, Joe."

"I promise ye," he replied.

A ill-trickit wund skirled through the playgroond.

18

The Vortex 3000

Lauren didnae think the petition tae get Miss Nippit her joab back wis gonnae be aw that popular.

And she wis richt.

By the end o the day Joe ainly had three signatures – his, Lauren's and Mrs Scone's. The denner wifie had ainly signed it because Joe had agreed tae try yin o her Hamster Droappin Tairts. It tastit warse than it soonded. In spite o haein whit wis basically no muckle mair than a blank sheet o paper, Joe still felt it wis warth takkin his petition tae the heidmaister. He didnae like Mrs

Nippit yin bit, but he didnae unnerstaun why she had been gien the sack. In spite o awthin, she wis a guid dominie, definately faur better than Pan Breid, or whitever his glaikit name wis.

"Hullo, bairns!" said the heidmaister's secretary brichtly. Mrs Tube wis an awfie fat joco wife that ayewis wore glesses wi brichtly coloured frames. She wis aye sittin in the heidmaister's office ahint her desk. In fact, naebody had ever seen her staund up. It wisnae inconceivable that she wis sae muckle she wis permanently wedged intae her chair.

"We are here tae see the heidmaister, please," declared Joe.

"We hae a petition for him," addit a supportive Lauren, haudin up the piece o paper in her haun and wagglin it aboot in the air.

"A petition! Whit fun!" beamed Mrs Tube.

"Aye, it's tae get Miss Nippit her auld joab

back," said Joe in a manly wey that he hoped micht impress Lauren. For a meenit he thocht aboot duntin his nieve doon on the desk for emphasis, but he didnae want tae cowp ony o Mrs Tube's muckle collection o lucky gonks.

"Oh aye. Miss Nippit, wunnerfu dominie. Dinnae unnerstaun that at aw, but bairns I am sorry tae say that ye've jist missed oor Mr Stoor."

"Och, naw," said Joe.

"Aye, he jist left. Oh, look there he is." She pointit yin o her bejewelled sassidge fingirs at the caur park. Joe and Lauren peered through the gless. The heidmaister wis creepin alang at a snail's pace wi his Zimmer frame.

"Slow doon, Mr Stoor, ye'll dae yersel a mischief!" she cawed efter him. Then she turnt back tae Joe and Lauren. "He cannae hear me. Weel, tae tell ye the truth, he cannae hear onythin! Dae ye want tae lea that wee petition wi me?" She sklentit her heid sideyweys and studied it for a meenit. "Michty me, it looks like aw the signatures hiv fawn aff it."

"We were hopin for mair," said Joe, a bit doonhertit.

"Weel if ye rin, ye micht jist catch him!" said Mrs Tube.

Joe and Lauren shared a smile, and walked slowly oot tae the caur park. Tae their surprise Mr Stoor had flung his Zimmer frame awa and wis hurlin his lang skinnymalinky leg ower a sheeny new Harley Davidson motorbike. It wis the brent-new jet-pouered Vortex 3000. Joe recognised it, because his da had a smaw collection o three hunner motorbikes and wis ayewis shawin his son brochures o the new yins he wis gonnae buy. The superbike, at twa-hunner-and-fufty thoosand poond, wis the warld's maist expensive motorbike. It wis braider than a caur, mair muckle than a lorry, and blecker than a bleck hole. It sheened wi a gey different chrome than that o the heidmaister's Zimmer frame.

"Heidmaister!" cawed Joe, but he wis ower late. Mr Stoor had awready pit on his helmet and

revved the engine. He pit the beast intae gear and it raired past the ither dominies' hummle caurs at a hunner mile an oor. It gaed sae fast that the heidmaister wis hingin on by his hauns, his wee auld shanks danglin up in the air ahint him.

"**Y**YY**AA**ABBEAUTTTTYYYYY.....!" cried the heidmaister as he and his eediotic machine disappeart aff intae the distance, becomin a doat on the horizon in a maitter o saiconts.

"There is somethin awfie streenge gaun on," said Joe tae Lauren. "The Carline gets the sack, the heidmaister gets a twa-hunner-and-fufty thoosand poond motorbike..."

"Joe, dinnae be daft! It's jist a coincidence!" lauched Lauren. "Noo, am I still invitit for ma tea the nicht?" she addit, glegly chyngin the subject.

"Aye aye aye," said Joe eidently. "Hoo aboot I meet ye ootside Raj's in an oor?"

"Braw. See ye in a bit."

Joe smiled tae, and watched her walk awa.

But that bricht gowden lowe that surroondit Lauren in Joe's heid wis stertin tae grow daurk. Suddently somethin felt awfie awfie wrang...

19

A Baboon's Bahookie

"Mibbe yer heidmaister is jist haein a mid-life crisis," pronoonced Raj.

Stappin aff at the newsagent's shoap on the wey hame fae the schuil, Joe had telt Raj aboot the unco events o the day.

"Mr Stoor is aboot a hunner year auld. He's got tae be mair than mid-wey through his life!" said Joe.

"Whit I mean, ya gowk," continued Raj, "is mibbe he wis jist tryin tae feel young again."

"But it's the maist expensive motorbike in the haill warld. It costs a quarter o a million poond.

He's a dominie, no a fitba player, hoo could he afford it?!" protestit Joe.

"I dinnae ken...I'm no a detective like Miss Mairbles, or the great Sherlock Hames," said Raj, afore keekin roond his shoap and bringin his voice doon tae a whusper. "Joe, I need tae spier ye somethin in the strictest confidence."

Joe spoke in a whusper tae. "Aye, on ye go."

"This is awfie embarrassin, Joe," whuspered Raj. "But dae you use yer da's special cludgie paper?"

"Aye, coorse I dae, Raj. Awbody does!"

"Weel, I hae been usin his new yin for a guid few weeks noo."

"The mint-flavoured bahookie wipes?" spiered Joe. There wis noo a muckle reenge o BahookieWheech products tae dicht yer dowper wi, includin:

HOATBAHOOKIEWHEECH – warms

yer bahookie as ye dicht.

WIFIEBAHOOKIEWHEECH – specially saft wipes for wifies' bahookies.

MINTYBAHOOKIEWHEECH – leas yer bahookie reekin o mint.

"Aye, and…" Raj taen a deep braith. "Ma bahookie has come oot aw…weel…purpie."

"Purpie!" said Joe wi a shoacked lauch.

"This is an awfie serious maitter," nipped Raj. He looked up suddently. "Yin copy o the *Daily Mail* and a packet o Rolos, that will be 85p, caw canny wi thae Rolos on yer wallies, Mr Smaw."

He waitit for the pensioner tae lea the shoap. *Ding* gaed the bell on the door.

"I didnae see him there. He must hae been hidin oot ahint the Quavers," said Raj, a wee bit shook up in case the pensioner mibbe heard whit he wis sayin.

"Raj, are you haein me on?" said Joe, hauf lauchin.

"I am deidly serious, Joe," said Raj gravely.

"Shaw me, then!" said Joe.

"I cannae shaw ye ma bahookie, Joe! We've ainly jist met!" exclaimed Raj. "But let me draw ye a simple graph."

"A graph?" spiered Joe.

"Hae some patience, Joe."

As the laddie looked on, Raj got oot some paper and pens and drew this simple graph.

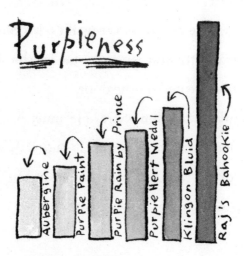

"Jings, that is purpie!" said Joe, studyin the graph. "Is it sair?"

"It is a wee bit sair."

"Hiv ye seen a doctor?" spiered Joe.

"Aye, and he said he had seen hunners o folk in the local area wi brichtly coloured bahookies, tae."

"Och naw," said Joe.

"I'll mibbe need tae get a bahookie transplant."

Joe couldnae stap himsel lauchin. "A bahookie transplant?!"

"Aye! This is nae lauchin maitter, Joe," Raj telt him aff. He didnae want folk makkin fun o his bumbaleerie.

"Naw, sorry," said Joe, aye geeglin.

"I think I'll need tae stap usin yer da's new BahookieWheech wipes and gang back tae the sheeny white ma wife used tae buy."

"I'm sure it isnae the bahookie wipes," said Joe.

"Whit else could it be?"

"Here, Raj, I'd better gang," said Joe. "I've invitit ma girlfreend ower later."

"Oooh, girlfreend is it noo? The bonnie lassie ye come in wi when I selt ye the ice lollies?" said the newsagent brichtly.

"Aye, that's her," said Joe blately. "Weel, I dinnae ken if she really is ma girlfreend, but we've been spendin loats o time thegither..."

"Weel, hae a braw evenin!"

"Thanks." As he wis aboot tae open the door, Joe turnt back tae the newsagent. He couldnae help himsel. "Och, by the wey, Raj, guid luck wi the bahookie transplant..."

"Thank you, ma freend."

"I ainly hope they can find yin big enough!" Joe lauched.

"Oot o ma shoap! Oot! Oot!" said Raj.

Ding.

"Cheeky boay," muttered the newsagent wi a smile, as he sortit oot his Curly Wurlys.

20

A Beach Baw Rowed in Hair

BahookieWheech Touers dirled wi music. Coloured lichts birled in ivry room. The hoose wis hoatchin wi hunners o folk. This wis a pairty that wis gonnae get complaints aboot the noise.

Fae folk in Sweden.

Joe had nae idea that there wis a pairty at the hoose that nicht. Da hadnae said onythin at breakfast and Joe had invitit Lauren ower for her tea. As it wis a Friday nicht they could stey up late as weel. It wis gaun tae be perfect. Mibbe the nicht they micht even kiss.

"Sorry, I had nae idea aboot aw this," said

Joe, as they approached the muckle stane steps at the front o the hoose.

"It's fine, I love a pairty!" replied Lauren.

As daurkness fell and streengers tummled oot o the hoose haudin bottles o champagne, Joe taen Lauren's haun, and led her ben through the huge aik front door.

"Wow, this is some hoose," shouted Lauren ower the music.

"Whit?" said Joe.

Lauren pit her mooth tae Joe's lug sae she could be heard. "I said, "wow, this is some hoose'." But Joe still couldnae really hear. Feelin the heat o her braith sae close tae him wis sae exhilaratin he stapped listenin for a meenit.

"THANK YOU!" shouted Joe back intae Lauren's lug. Her skin smelt sae sweet, like hinnie.

Joe huntit aw ower the hoose for his da. It wisnae easy tryin tae find him. Ivry room wis lowpin wi folk. Joe didnae recognise a singil yin o them. Wha in the name o the wee man were they? Sookin cocktails and scrannin fingir food like there wis nae the morra. Bein short, Joe foond it gey haurd tae see ower them. His da wisnae in the snooker room. He wisnae in the dinin room. He wisnae in the massage room. He wisnae in the library. He wisnae in the ither dinin room. He wisnae in his bedroom. He wisnae in the reptile hoose.

"C'moan, we'll try the pool room!" shouted Joe in Lauren's lug.

"Ye've got a pool! Braw!" she shouted back.

They passed a wummin bent ower boakin aside the sauna as a man (presumably her pairtner) clapped her on the back supportively. Some pairty guests had either dived or fawn intae the pool, and were bobbin aroond in the watter. Joe enjoyed sweemin, and the thocht that nane o thir folk looked like they wid get oot o the pool if they needit a pee gaithered like a daurk clood on his mind.

Jist then he spottit his da – wearin ainly a pair o dookers and his curly afro toupee, and dauncin tae a completely different sang fae the yin that wis playin. On the waw ahint him wis a muckle mural o an unco muscle-boond version o himsel loongin aboot in a thong. The real Mr Spud boogied badly in front o it, lookin mair like a beach baw that had been rowed in hair.

"Whit's gaun on, Da?" Joe shouted, hauf because the music wis sae lood and hauf because he wis bealin his da hadnae telt him onythin aboot the pairty. "Wha are aw these folk? Yer freends?"

"Och naw, I hired them tae come. Five hunner poond a heid. Pairtyguests.com."

"Whit's the pairty for, Da?"

"Weel, I ken ye will be pleased tae ken that Sapphire and I are engaged tae be mairried!" shouted Mr Spud.

"Whit the – ?" said Joe, no able tae hide his shoack.

"It's braw news, is it no?" Da yelloched. Aye the music boom boom boomit.

Joe didnae want tae believe it. Did this daft bizzum really hae tae be his new maw?

"I spiered for her haun yesterday and she said 'naw', but I spiered her again the day and gied her a muckle big diamond ring and she said 'aye'."

"Och, congratulations, Mr Spud," said Lauren.

"Sae you must be a freend o ma son's that goes tae the same schuil and aw that?" said Mr Spud, his words tummlin oot clumsily.

"That's richt, Mr Spud," replied Lauren.

"Caw me Len, please," said Mr Spud wi a smile. "And ye hae tae meet Sapphire. SAPPHIRE!" he shouted.

Sapphire stachered ower in her shoackin yella high heels and even mair shoackin yella mini-dress.

"Wid ye shaw Joe's freend the engagement ring, ma gorgeous lady love o aw time? Twinty million quid, jist for the diamond."

Joe keeked at the diamond on his soon tae be stepmither's fingir. It wis the size o a smaw bungalow. Her left airm wis hingin lower than the richt wi the wecht o it.

"Er...er...oh...It's sae heavy, eh cannae lift meh hand but if ye bend doon ye can see it..." said Sapphire. Lauren stepped closer tae get a better look. "Huv eh no seen you somewhar afore?" Sapphire spiered.

Mr Spud lowped in. "Naw, ye've no, ma yin true love."

"Aye eh huv!" cried Sapphire.

"Naw, ma angel cake!"

"Oh meh Gode! Eh ken whar eh've seen ye!"

"I said wheesht, ma chocolate sprinkilt princess!" said Mr Spud.

"You did yon ad for Poat Noodle!" Sapphire exclaimed.

Joe turnt tae Lauren, wha looked at the flair.

"It's a guid ane. Ye ken the ane eh mean, Joe," continued Sapphire. "For the new sweet and soor flavour. The ane whar she hus tae dae karate tae stap folk fae stealin it!"

"Ye *are* an actress!" splootered Joe. The advert wis comin back tae him. Her hair wisnae the same colour, and she wis wearin an aw-in-yin yella catsuit, but it wis Lauren awricht.

"I'm awa," said Lauren.

"And did ye lee aboot haein a boyfreend as weel?" demandit Joe.

"Guidbye Joe," said Lauren, afore weavin past the guests in the pool room as she ran aff.

"LAUREN!" Joe shouted efter her.

"Let her gang, son," said Mr Spud sadly.

But Joe raced efter her, and caucht up wi her jist as she raxed the stane steps. He grupped her airm, haurder than he meant tae and she turnt roond in pain.

"Oyah!"

"Why did ye lee tae me?" spiered Joe, aboot greetin.

"Jist forget it, Joe," said Lauren. She wis suddently a different person. Her voice wis mair poash noo and her fizzog wisnae as kind. The skinkle in her ee had definately gane, and the lowe aroond her had turnt intae shadda. "Ye dinnae want tae ken."

"Dinnae want tae ken whit?"

"Weel, if ye must ken, yer da saw me on that Poat Noodle advert and cawed ma agent. Said you werenae happy at the schuil, and peyed me tae be yer freend. It wis aw fine until you tried tae kiss me."

She skippit doon the steps and ran aff doon the lang drive. Joe watched her gang for a few meenits, afore the pain in his hert became sae sair he had tae bend ower tae stap it. He cowped tae his knees. A pairty guest stepped ower him. He wis sae sad he felt he wis never gonnae be able tae get up again.

21

A Standard Grade in Mak-Up

"DA!" screamed Joe. He had never been sae angert afore, and he hoped he never wid be again. He ran intae the pool room tae confront his faither.

Mr Spud nervously strechtened his toupee as his son come chairgin ben.

Joe stood in front o his da hyper-pechin. He wis ower bealin tae speak.

"I am sorry, son. I thocht that's whit ye wantit. A freend. I jist wantit tae mak things better for ye at the schuil. I got that dominie gien her jotters and aw. Aw I had tae dae wis buy the heidmaister a motorbike."

"Sae...Ye got an auld lady sacked fae her joab...And then, and then...ye...peyed a lassie tae like me..."

"I thocht that's whit ye wantit."

"*Whit*?"

"Listen, I can buy ye anither freend," said Mr Spud.

"YE JIST DINNAE GET IT, DAE YE?" skraiked Joe. "Some things cannae be bocht."

"Like whit?"

"Like freendship. Like feelins. Like love!"

"Actually, ye can buy that last ane," piped up Sapphire, still no able tae lift her haun.

"I hate ye, Da, I really dae," shouted Joe.

"Joe, please," pleadit Mr Spud. "Here, please calm doon. Hoo aboot a braw wee cheque for five million poond?"

"Eh'll tak it," said Sapphire.

"I dinnae want ony mair o yer glaikit money," snashed Joe.

"But son..." splootered Mr Spud.

"The last thing I want tae dae is end up like you...a middle-aged mannie wi some brain-deid teenage bidey-in!"

"Hey, eh've got a Standard Grade in Mak-Up," said Sapphire, bleck affrontit.

"I never want tae see either o yous again!" said Joe. He ran oot o the room, pushin the boakin wummin oot o his wey and intae the pool. Then he whuddered the muckle door ahint him shut. Yin o the mural tiles fae Mr Spud's thong fell aff the waw and smashed ontae the flair.

"JOE! JOE! WAIT!" shouted his faither.

Joe jouked past the hordes o guests and ran up tae his room, shuttin the door firmly ahint him. There wisnae a lock, sae he grabbed a chair and wedged it unner the door haunnle sae it widnae open. As the dirl o the music dunted through the cairpet, Joe foond a bag and sterted fillin it wi claes. He didnae ken whaur he wis gaun, sae he wisnae sure whit he needit. Aw he kent wis that he didnae want tae be in this eediotic hoose anither meenit langer. He grabbed a couple o his favourite buiks (*The Loon in the Goon* and *Mr*

Mingin, baith o which he foond hilarious and yet hert-warmin).

Then he looked on his shelf at aw his expensive toys and gadgets. His een were drawn tae the wee cludgie-roll rocket that his da had gien him when he aye warked at the factory. He minded it wis a present for his eichth birthday. His maw and da were still thegither then and Joe thocht it micht hae been the last time he wis truly happy.

As his haun raxed oot tae tak it there wis a lood dunt on the door.

"Son, son, let us ben..."

Joe didnae say a word. He had nothin mair he wantit tae say tae the man. Whaever his da had been wis loast years ago.

"Joe, please," said Mr Spud. Then there wis a pause.

DDDDDDDDDDDDDDDUUU
UUUUUUUUUUUUUUUUUUU

UUNNNNNNNNNNNNNNNNNT TTTTTTTTTTTTT.

Joe's da wis tryin tae brek the door doon.

"Open this door noo!"

**DDDDDDDDDDDD
DDDDDDDDDDDDD
DDDDDDDDDDDDD
DDDDDDDDDDDDD
DDDDDUUUUUUUUU
UUUUUUUUUUUUUU
UUUUUUUUUUUUUU
UUUUUUUUUUUUUU
UUUUUUUUUUUUUU
UUUUUUUUUUUUUU
UUUUUUUUUUUUUU
UUUUUUUUUUUUUU
UUUUUUNNNNNNNN
NNNNNNNNNNNNN
NNNNNNNNNNNNN**

NNTTTTTTTTTTTTT TTTTTTTTTTTTTTTT T.

"I've gien you awthin!" He wis pittin aw his wecht ahint it noo, and the chair legs howked heroically deeper intae the cairpet. He made yin last try.

DDDDDDDDD
DDDDDDDDDD
DDDDDDDDDD
DDDDDDDDDD
DDDDDDDDDD
DDDDDDDDDD
DDDDDDDDDD
DDDDDDDDDD
DDDDDDDDDD
DDDDDDUUUU
UUUUUUUUUU
UUUUUUUUUU
UUUUUUUUUU

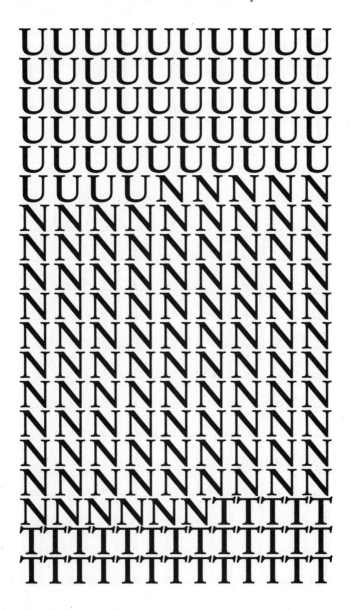

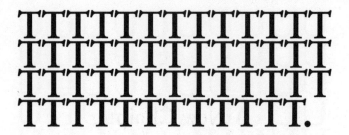

TTTTTTTTTTTTTT
TTTTTTTTTTTTTT
TTTTTTTTTTTTTT
TTTTTTTTTTTTTT.

Joe then heard a faur smawer dunt as his da gied in and leaned his boady against the door. This wis follaed by a squaik as his heavy bouk sliddered doon the door, and a wheen snochterin sabs. Then the licht in the gap unner the door wis blocked. His da must hae slumped ontae the flair.

Wee Spud's hert ached wi guilt. He kent aw he needit tae dae tae stap his da's pain wis open that door. He pit his haun on the chair for a meenit. *But if I open that door noo*, he thocht, *nothin is gonnae chynge.*

Joe taen a deep braith, liftit his haun, grabbed his bag and walked tae the windae. He opened it slowly sae his da widnae hear, and then sclimmed oot intae the daurkness, and a new chaipter.

22

A New Chaipter

Joe ran as fast he could – which wisnae that fast, in aw honesty. But it felt fast tae him. He ran doon the lang, lang drive. Jouked past the guairds. Lowped ower the waw. Wis that waw tae keep fowk oot or keep him in? He'd never thocht aboot it afore. But there wisnae time tae think aboot it noo. Joe had tae rin. And keep rinnin.

Joe didnae ken whaur he wis rinnin tae. Aw he kent wis whaur he wis rinnin fae. He couldnae stey in that stupit hoose wi his glaikit da a meenit langer. Joe ran doon the road. Aw he could hear wis his ain braith, gettin faster and faster. There wis a faint taste o bluid in his mooth. Noo he wished he had tried haurder in the schuil croass-country rin.

It wis late noo. Efter midnicht. The lampies pointlessly illuminatit the toom wee toun. Raxin the toun centre, Joe slowed tae a stap. A lane caur hunkered in the road. Realisin he wis alane, Joe suddently felt a chitter o fear. The reality o his graund escape dawned on him. He looked at his reflection in the windae o the daurkened KFC. A pudgie twal-year-auld laddie wi naewhaur tae go keeked back at him. A polis caur rowed past slowly and silently. Wis it lookin for him? Joe hid ahint the muckle plastic bin. The reek o fat and ketchup and hoat cairdboard wis sae honkin it awmaist made him cowk. Joe covered his mooth tae smoor the soond. He didnae want the polis tae huckle him.

The polis caur turnt the coarner and Joe creepit oot intae the street. Like a hamster that had lowsed itsel fae its cage, he kept close tae the edges and coarners. Could he gang tae Boab's? *Naw*, thocht Joe. In the exhilaration o meetin Lauren or whitever her glaikit name really wis, he had badly let doon his ainly freend. Mrs Scone had been a sympathetic lug, but it turnt oot she wis efter his money aw alang.

Whit aboot Raj? *Aye*, thocht Joe. He could gang and bide wi the newsagent wi the purpie bahookie. Joe could set up camp ahint the fridge. Safely posed there, Joe could read *Nuts* magazine, and scran slichtly oot o date sweeties aw day lang. He couldnae imagine a mair perfect life.

Joe's mind wis racin, and soon his shanks were and aw. He crossed the road and turnt left. Raj's shoap wis ainly yin or twa streets awa noo.

Somewhaur abuin him in the bleck air he heard a distant whirr. The whirr got looder. Mair o a bizz. Then a drone.

It wis a helicopter. A searchlicht daunced across the streets. Mr Spud's voice cam oot a loodspeaker.

"JOE SPUD, THIS IS YER FAITHER SPEAKIN. GIE YERSEL UP. I REPEAT, GIE YERSEL UP."

Joe nashed intae the entrance o The Boady Shoap. The searchlicht had jist missed him. The guff o pineaipple and pomegranate boady waash and draigonfruit fit scrub pleasinly kittled his neb holes. Hearin the helicopter passin owerheid, Joe nashed tae the ither side o the street, and creepit past Pizza Hut, and then Pizza Express, afore seekin sanctuary in the doorwey o a Domino's Pizza. Jist as he stepped oot tae mak a dash past Bella Pasta the helicopter wheeched back owerheid. Suddently Joe wis caucht in the deid centre o the searchlicht.

"DINNAE MOVE. I'M TELLIN YE, DINNAE BUDGE!" the voice thunnered.

Joe looked intae the licht as his boady tremmled fae the dirl o the rotor blades.

"Awa ye go!" he shouted. "I repeat, awa ye go!"

"COME HAME NOO, JOE."

"Naw."

"JOE, I SAID..."

"I heard whit ye said and I'm no comin hame. I'm never comin hame," shouted Joe. Staundin there in the bricht licht he felt like he wis on stage in a particularly dramatic schuil play. The helicopter whuddered owerheid for a meenit as the loodspeaker crackled in silence.

Then Joe made a rin for it, nashin doon a vennel ahint Argos, through the NCP caur park, and roond the back o Superdrug. Soon the helicopter wis nothin mair than a distant bizz, nae looder than the waukrife birds.

Arrivin at Raj's, Joe chapped gently on the

metal shutters. There wis nae answer, sae he banged this time until the shutters shoogled fae the duntin o his nieves. Still nae answer. Joe keeked at his watch. It wis twa o'clock in the mornin. Nae wunner Raj wisnae in his shoap.

It looked like Joe wid hae tae be the verra first billionaire ever tae sleep ootside in the cauld.

23

Canal Boat Weekly

"Whit are ye daein in there?"

Joe wisnae sure if he wis awake, or jist dreamin that he wis awake. He certainly couldnae move. His boady felt stiff wi cauld, and there wisnae a pairt o him that wisnae sair. Joe couldnae open his een yet, but kent wioot a doot that he hadnae woken up atween the silk sheets o his fower-poster bed.

"I said, whit are ye daein in there?" cam the voice again. Joe frooned, puggled. His butler didnae hae an Indian accent. Joe strauchled tae unsteek his een that had been steekit thegither wi sleep. He saw a muckle smiley face hoverin ower his.

It wis Raj's.

"Hoo come ye're here at this unco oor, Maister Spud?" spiered the couthie newsagent.

As daw o day wis stertin tae glow through the glaur, Joe taen in his surroondins. He had sclimmed intae a skip ootside Raj's shoap and fawn asleep. Some bricks had been his pillae, a tarpaulin hap his duvet, and a stoorie auld widden door his mattress. Nae wunner his haill boady wis stoondin wi pain.

"Oh, er, hullo Raj," craiked Joe.

"Hullo, Joe. I wis jist openin up ma shoap and heard somebody snocherin in their sleep. There ye were. I wis gey surprised, I can tell ye."

"I dinnae snocher in ma sleep!" protestit Joe.

"I am sorry tae inform ye but you snocher somethin awfie in yer sleep, boay. Noo wid ye mind lowpin oot o that skip and comin ben tae ma shoap? I think we need tae talk," said Raj, in a deidly serious tone.

Och naw, thocht Joe. *Raj is gonnae gie me intae trouble.*

Although Raj wis adult age and adult size, he wis nothin like a parent or a dominie, and it wis gey difficult tae get intae trouble wi him. Yince yin o the lassies fae Joe's schuil had been caucht tryin tae chore a poke o Wotsits fae the newsagent and Raj had banned her fae his shoap for aw o five meenits.

The boggin billionaire strauchled oot o the skip. Raj made him a stool fae a stack o *Heat* magazines, and happed his shooders wi a copy o the *Financial Times* like it wis a muckle pink borin blanket.

"Ye must hae been ootside in the cauld aw nicht, Joe. Noo, ye hae tae eat some breakfast. A guid hoat mug o Lilt mibbe?"

"Nae thanks," said Joe.

"Twa Rolo eggs, poached?"

Joe shook his heid.

"Ye need tae eat, laddie. A toastit Galaxy bar?"

"Nae thanks."

"A herty bool o Pickled Ingan Moanster Munch mibbe? Wi warm mulk?"

"I'm no aw that hungert, Raj," said Joe.

"Weel, ma wife has pit me on a strict diet sae I'm ainly allooed fruit tae ma breakfast noo," annoonced Raj as he unwrapped a Terry's Chocolate Orange. "Noo, are ye gaun tae tell me why ye slept in a skip last nicht?"

"I ran awa fae hame," annoonced Joe.

"I guessed as muckle," slavered Raj, chawin awa on the multiple segments o Terry's Chocolate Orange. "Oooh, pips," he said afore spittin somethin intae the loof o his haun. "The question is, whit for?"

Joe looked unsure o himsel. He felt the truth shamed him as muckle as his da. "Weel ye ken the lassie I brocht in here the day we bocht some ice lollies?"

"Aye, aye! Ye ken I said I had seen her somewhaur afore? Weel, she wis on the TV last nicht! On an advert for Poat Noodle Snacks! Sae did ye finally kiss her?" exclaimed an excitit Raj.

"Naw. She wis ainly pretendin tae like me. Ma da peyed her tae be ma freend."

"Oh dear," said Raj. His smile fell aff his fizzog. "That's no richt. That's no richt at aw."

"I *hate* him," said Joe hoatly.

"Please dinnae say that, Joe," said Raj, shoacked.

"But I dae," said Joe, turnin tae Raj, his een bleezin wi rage. "I hate his guts."

"Joe! Ye must stap talkin like this richt noo. He is yer faither."

"I hate him. I dinnae ever want tae see him again as lang as I live."

Efter a wee meenit, Raj raxed oot and pit his haun on Joe's shooder. Joe's anger immediately turnt tae sadness, and wi his heid boued he sterted tae greet intae his ain lap. His boady shoogled involuntarily as the swaws o tears ebbed and flowed through him.

"I can unnerstaun yer pain, Joe, I really can," ventured Raj. "I ken fae whit ye said that ye really liked that lassie, but I guess yer da wis, weel...jist tryin tae mak ye happy."

"It's aw that siller," said Joe, bubblin through the tears. "It's ruined awthin, I even loast ma ainly freend ower it."

"Aye, I havenae seen you and Boab thegither for a while. Whit happent?"

"I wis a total eejit as weel. I said some awfie mean things tae him."

"Och naw."

"We fell oot when I peyed some bullies tae lea him alane. I thocht I wis helpin him, but he got aw crabbit aboot it."

Raj noddit slowly. "Ye ken, Joe..." he said slowly. "It doesnae soond as though whit ye did tae Boab is aw that different tae whit yer faither did tae you."

"Mibbe I am a speylt brat," Joe telt Raj. "Jist like Boab said."

"Haivers," said Raj. "Ye did a stupit thing, and ye hae tae apologise. And if Boab has ony sense, he will forgie ye. I can see that yer hert wis in the richt place. Ye meant weel."

"I jist wantit them tae stap bullyin him!" Joe said. "I jist thocht, if I gied them money..."

"Weel, that's nae wey tae beat bullies, young man."

"I ken that noo," admittit Joe.

"If ye gie them siller they'll jist keep comin back for mair."

"Aye, aye, but I wis ainly tryin tae help him."

"Ye hae tae realise money cannae solve awthin, Joe. Mibbe Boab wid hae stood up tae the bullies himsel, eventually. Siller isnae the answer! Ye ken I wis yince an awfie rich man?"

"Were ye?!" said Joe, instantly embarrassed that he soonded mair than a wee bit ower surprised. He sniffed and dichted his weet fizzog on his sleeve.

"Oh aye," replied Raj. "I yince owned a muckle chain o newsagent shoaps."

"Wow! Hoo mony shoaps did ye hae, Raj?"

"Twa. I wis takkin hame literally hunners o poonds a week. If I wantit onythin I wid jist get it. Sax Chucken McNuggets? I wid hae nine! I splashed oot on a fantoosh brent-new saicont-haun Ford Fiesta. And I wid think nothin o bringin a DVD back tae Blockbuster a day late and haein tae pey a 25p fine."

"Sae, um, aye, that soonds like it wis bit o a rollercoaster ride," said Joe, no sure whit else tae say. "Whaur did it aw go wrang?"

"Twa shoaps meant I wis warkin awfie lang oors, young Joe, and I forgot tae spend time wi the yin buddie I really loved. Ma wife. I wid buy her lavish gifties. Boaxes o Efter Eicht mints, a gowd-plated necklace fae the Argos catalogue, designer froacks fae Geordie at Asda. I thocht that wis the wey tae mak her happy, but aw she really wantit wis tae spend time wi me," concludit Raj wi a dowie smile.

"That's aw I want!" exclaimed Joe. "Tae jist spend time wi ma da. I dinnae care aboot aw the glaikit money," said Joe.

"I am sure yer faither loves ye awfie muckle, he'll be worrit seik. C'moan, I'll tak ye hame," said Raj.

Joe looked at Raj and managed a wee smile.

"Aye. But can we stap aff at Boab's on the wey? I really need tae talk tae him."

"Aye, I doot ye're richt. Noo, I believe I hae his address somewhaur as his maw gets the *Mirror* delivered," said Raj as he sterted tae wheech through his address buik. "Or is it the *Telegraph*? Or is it *Canal Boat Weekly*? I can never mind. Ah, here it's. Flet 112. The Winton Estate."

"That's miles awa," said Joe.

"Dinnae worry, Joe. We'll tak the Rajmobile!"

24

The Rajmobile

"This is the Rajmobile?" spiered Joe.

He and Raj were lookin at a lassie's tricycle. It wis pink and had a wee white basket on the front and wid hae been ower smaw for a six year auld.

"Aye!" said Raj proodly.

When Raj had mentioned the Rajmobile, Joe's mind had conjured up images o Batman's Batmobile or James Bond's Aston Mairtin, or at least Scooby Doo's van.

"Is it no a bit wee for ye?" he spiered.

"I bocht it on eBay for £3.50, Joe. It looked a

loat mair muckle in the photie. I doot they had a midget staund nixt tae it in the pictur! Still, at that price, whit a bargain!"

Reluctantly, Joe sat in the wee basket at the front, as Raj taen his place on the saddle.

"Haud on ticht, Joe! The Rajmobile is pure radge!" said Raj, afore he sterted pedallin, and the trike trundelt aff slowly, squaikin at ivry turn o the wheels.

DRI**NG**.

That wisnae..och, I think I've done that joke tae daith by noo.

"Hullo?" said a couthie but dowie-lookin lady at the door o Flet 112.

"Are you Boab's maw?" spiered Joe.

"Aye," said the wummin. She squintit at him. "You must be Joe," she said, in a no awfie freendly tone. "Boab has telt me aw aboot *you*."

"Oh," squirmed Joe. "I'd like tae see him, if that's OK."

"I'm no sure he'll want tae see ye."

"It's awfie important," said Joe. "I ken I've no been an awfie guid freend tae him. But I want tae mak up for it. Please."

Boab's ma seched, then opened the door. "Come awa ben then," she said.

Joe follaed her intae the wee flet. The haill thing could hae fittit intae his cludgie. The buildin had definately seen better days. Wawpaper wis peelin aff the waws, and the cairpet wis worn in places. Boab's maw led Joe alang the loabby tae Boab's room and chapped on the door.

"Whit?" cam Boab's voice.

"Joe is here tae see ye," replied Boab's maw.

"Tell him tae awa and bile his heid."

Bob's maw looked at Joe, embarrassed.

"Dinnae be rude, Boab. Open the door."

"I dinnae want tae talk tae him."

"Mibbe I should gang?" whuspered Joe, hauf turnin tae the front door. Boab's maw shook her heid.

"Open this door richt noo, Boab. Ye hear me?"

Slowly the door opened. Boab wis aye in his jammies, and stood glowerin at Joe.

"Whit dae ye want?" he demandit.

"Tae talk tae ye," replied Joe.

"Aye, on ye go then. Talk."

"Should I mak some breakfast for the twa o ye?" spiered Boab's maw.

"Naw, he's no steyin," replied Boab.

Boab's maw tutted and disappeart intae the kitchen.

"I jist cam tae say I'm sorry," splootered Boab.

"It's a bittie late for that, is it no?" said Boab.

"Look, I am sae, sae sorry for aw the things I said."

Boab wis thrawn in his anger. "Ye were a real bampot."

"I ken, I'm sorry. I jist couldnae work oot why ye were sae upset wi me. I ainly gied the Gubbs money because I wantit tae mak things easier for ye –"

"Aye, but –"

"I ken, I ken," said Joe hurriedly. "I realise

noo it wis the wrang thing tae dae. I'm jist explainin hoo I felt at the time."

"A true freend wid hae stuck up for me. Supportit me. Insteid o jist flingin their siller aroond tae mak the problem go awa."

"I am an eejit, Boab. I ken that noo. A muckle big fat honkin eejit."

Boab smiled a wee bit, though he wis clearly tryin haurd no tae.

"And coorse ye were richt aboot Lauren," continued Joe.

"Aboot her bein a fake?"

"Aye, I foond oot ma da wis peyin her tae be ma freend," said Joe.

"I didnae ken that. That must hae really hurt."

Joe's hert ached, as he minded the muckle pain he had felt at the pairty last nicht. "It did. I wis awfie fond o her."

"I ken. Ye forgot wha yer *real* freends were."

Joe felt awfie guilty. "I ken...I'm sae sorry. I dae like ye, Boab. I really dae. Ye're the ainly bairn at the schuil wha ever liked me for me, no jist for ma siller."

"Let's no faw oot again, eh, Joe?" Boab smiled.

Joe smiled as weel. "Aw I ever really wantit wis a freend."

"Ye're still ma freend, Joe. Ye ayewis will be."

"Listen," Joe said. "I've got somethin for ye. A present. Tae say sorry."

"Joe!" said Boab, scunnered. "Look, if it's a Rolex or a poke fu o money I dinnae want it, awricht?"

Joe smiled. "Naw, it's jist a Twix. I thocht we could share it."

Joe poued oot the chocolate bar and Boab geegled. Joe geegled and aw. He opened the packet and haundit Boab yin o the fingers. But jist as Joe wis aboot tae scoff the chocolate and caramel tappit biscuit...

"Joe?" cawed Boab's maw fae the kitchen. "Ye better come quick. Yer da is on the TV..."

25

Gubbed

Gubbed. That's the ainly word that could describe hoo Joe's da looked. He wis staundin ootside BahookieWheech Touers, in his dressin goon. Mr Spud spoke tae the camera, his een reid fae greetin.

"I've loast awthin," he said slowly, his haill fizzog bauchled wi emotion. "Awthin. But aw I want is ma son back. Ma bonnie laddie."

Then the tears welled up in Mr Spud and he had tae catch his braith.

Joe keeked ower at Boab and his maw. They stood in the kitchen gowkin at the screen. "Whit does he mean? He's loast awthin?"

"It wis jist on the news," she replied. "Awbody's takkin yer da tae coort. BahookieWheech has made awbody's bahookies go purpie."

"*Whit*?" replied Joe. He turnt back tae the TV.

"If ye're watchin oot there, son...Come hame, please. I beg ye. I need ye. I miss ye sae much..."

Joe raxed oot and touched the screen. He could feel tears wellin up in the coarners o his een. A wee hiss o static daunced on his fingirtips.

"Ye'd better go tae him," said Boab.

"Aye," said Joe, ower shoacked tae budge.

"If you and yer da need somewhaur tae stey, ye are baith weelcome here," said Boab's maw.

"Aye, coorse," chimed in Boab.

"Thanks awfie muckle. I'll tell him," said Joe. "Look, I hae tae go."

"Aye," said Boab. He opened his airms and gied Joe a hug. Joe couldnae mind the last time onybody had gien him a hug. It wis the yin thing money couldnae buy. Boab wis a braw hugger as weel. It wis like huggin a booncy castle.

"I'll see ye efter, I suppose," said Joe.

"I'll mak a Shepherd's Pie," said Boab's maw wi a smile.

"Ma da loves Shepherd's Pie," replied Joe.

"I ken he does," said Boab's maw. "Me and yer da were at the schuil thegither."

"Were ye?" spiered Joe.

"Aye, he had a bit mair hair and a loat less siller back then!" she joked.

Joe allooed himsel a wee lauch. "Thank you awfie muckle."

The lift wis oot o order sae Joe raced doon the stairs, stottin aff the waws as he gaed. He ran oot intae the caur park whaur Raj wis waitin.

"BahookieWheech Touers, Raj. And pit the fit doon!"

Raj pedalled haurd and the trike shoogled aw the wey doon the street. They passed a rival newsagent's shoap and Joe spottit the heidlines on the papers in the racks ootside. Da wis on ivry front page.

BAHOOKIEWHEECH SCAUNDAL said *The Times*.

BILLIONAIRE SPUD FACIN RUIN ran the *Telegraph*.

BAHOOKIEWHEECH IS HERMFU TAE BAHOOKIES exclaimed the *Express*.

IS YOUR BAHOOKIE PURPIE? spiered the *Guardian*.

BAHOOKIEWHEECH PURPIE BUM-BALEERIE NICHTMARE! skraiched the *Mirror*.

QUEEN HAS BABOON'S BAHOOKIE girned the *Mail*.

BAHOOKIE HORROR yowled the *Daily Star*.

POASH SPICE CHYNGES HAIRSTYLE annoonced the *Sun*.

Weel, nearly ivry front page.

"Ye were richt, Raj!" said Joe, as they sped up the high street.

"Whit wis I richt aboot?" replied the newsagent, as he dichted the swite fae his broo.

"Aboot BahookieWheech. It has made awbody's bahookie go purpie!"

"I telt ye! Hiv ye had a keek at yer ain bahookie?"

There'd been that muckle happenin since Joe had left Raj's shoap yesterday he had completely forgotten. "Naw."

"Weel?" prompted the newsagent.

"Stap the trike!"

"Whit?"

"I said, 'stap the trike!'"

Raj poued the Rajmobile ower ontae the verge. Joe lowped aff, looked ower his shooder and poued the back o his breeks doon a wee bit.

"Weel?" spiered Raj.

Joe looked doon. Twa muckle purpie swollen cheeks gawped back at him. "It is purpie!"

Let's hae anither keek at Raj's graph. If Joe's bahookie wis addit tae it, it wid look like this:

In short Joe's bahookie wis **awfie awfie awfie awfie awfie awfie awfie awfie awfie awfie awfie**

Purpieness

Aubergine
Purpie Paint
Purpie Rain by Prince
Purpie Hert Medal
Klingon Bluid
Raj's Bahookie
Joe's Bahookie

awfie awfie awfie awfie awfie awfie awfie awfie
awfie awfie awfie awfie awfie awfie awfie awfie
awfie awfie awfie awfie awfie awfie awfie awfie
awfie awfie awfie awfie awfie awfie awfie awfie
awfie awfie awfie awfie awfie awfie awfie awfie
awfie awfie awfie awfie awfie awfie awfie awfie
awfie awfie awfie awfie awfie awfie awfie awfie
awfie awfie awfie awfie awfie awfie awfie awfie
awfie awfie awfie awfie awfie awfie awfie awfie
awfie...

...*purpie*.

Joe poued his breeks up and lowped back on
the Rajmobile. "C'moan, let's go!"

As they approached BahookieWheech Touers,
Joe saw that there were hunners o journalists and
camera crews waitin ootside the yetts o his hoose.
As they approached, aw the cameras turnt tae
them, and they were blinnt by hunners o flashes.

They were blockin the entrance and Raj had nae choice but tae stap the trike.

"Ye're live on Sky News! Hoo dae ye feel noo yer faither faces financial ruin?"

Joe wis ower shoacked tae reply, but still men in raincoats continued tae shout questions at him.

"BBC News. Is there gaun tae be a compensation package for the millions o folk aroond the warld whase bahookies are noo aw purpie?"

"CNN. Dae ye think yer faither will face criminal chairges?"

Raj cleared his thrapple. "If I micht mak a short statement, gentlemen."

Aw the camera crews turnt tae the newsagent and awthin wheeshtit for a meenit.

"At Raj's shoap in Bolsover Street I am daein an awfie special offer on Frazzles. Buy ten packets get yin free! For a limited time ainly."

The journalists aw gied oot a lood lang scunnered sech.

Ding ding!

Raj rang the bell on his trike and the sea o reporters pairted tae let him and Joe through.

"Thank you awfie muckle" chirped Raj wi a smile. "And I hae some oot o date Lion Bars at hauf price! Ainly a wee bittie foostie!"

26

A Yowdendrift o Banknotes

As Raj pedalled haurd up the lang drivewey, Joe wis shoacked tae see that there wis awready a lang line o lorries parked ootside the front door. An airmy o muckle-boukit men in leather jaikets wis cairryin oot aw o his da's paintins and chandeliers and diamond-encrustit gowf clubs. Raj stoapped the bike and Joe lowped oot o the basket and ran up the muckle stane steps. Sapphire wis hurryin oot in a pair o eediotically high heels, laden doon wi a muckle suitcase and hunners o haunbags.

"Oot o meh road!" she hished.

"Whaur's ma da?" demandit Joe.

"Eh dinnae ken and eh dinnae care! The eejit has loast aa o ees money!"

As she ran doon the steps, the heel o her shoe broke aff and she taen a tummle. The case dunted aff the stane flair and broke open. A yowdendrift o banknotes swirled intae the air. Sapphire sterted skraichin and greetin, and wi mascara rinnin doon her cheeks she lowped up, desperately tryin tae catch them. Joe looked back at her wi a mixter-maxter o anger and peety.

He then raced intae the hoose. It wis noo completely bare o ony gear. Joe focht past the sheriff's officers and sprintit up the graund spiral staircase. He passed a couple o burly men makkin aff wi hunners o miles o his Scalextric track. For a milli-saicont Joe felt a peenge o regret, but he cairried on rinnin and breenged through the door tae his da's bedroom. The room wis white and bare, awmaist serene in its toomness. Sittin humphybackit on a bare mattress wi his back tae the door wis his da, wearin ainly a semmit and a pair o boaxer shorts, his fat hairy airms and shanks contrastin wi his baldy heid. They had even taen his toupee aff him.

"Da!" shouted Joe.

"Joe!" Dad turnt roond. His fizzog wis reid and ra fae greetin. "Ma boay, ma laddie! Ye cam hame!"

"I'm sorry I ran awa, Da."

"I am sae scunnered wi masel that I hurt ye wi aw that business wi Lauren. I jist wantit tae mak ye happy."

"I ken, I ken, I forgie ye, Da." Joe sat doon nixt tae his faither.

"I've loast awthin. Awthin. Even Sapphire's awa."

"I'm no sure she wis richt for ye, Da."

"Naw?"

"Naw," replied Joe as he tried no tae shak his heid ower haurd.

"Naw, mibbe naw," said Da. "Noo we've got nae hoose, nae money, nae private jet. Whit are we gonnae dae, son?"

Joe raxed intae his trooser poacket and poued oot a cheque. "Da?"

"Aye, ma laddie?"

"The ither day I wis gaun through ma poackets and I foond this."

Da studied it. It wis yin he had written for his son for his birthday. For twa million poonds.

"I never peyed it in," said Joe aw excitit. "Ye can hae it back. Then ye can buy us somewhaur tae bide, and still hae loads o siller left ower."

Da looked up at his son. Joe wisnae sure if his faither wis happy or sad.

"Thank you awfie muckle, ma boay. Ye're a great laddie, ye really are. But I am sorry tae say this cheque is nae use."

"Nae use?" Joe wis shoacked. "Hoo come?"

"Because I hae nae money left in my bank accoont," explained Da. "There are sae mony law suits against me the banks hae frozen aw ma accoonts. I'm bankrupt noo. If ye had peyed it in when I gied it tae ye, we wid still hae twa million poond."

Joe felt a wee bit frichtened that somehoo he had done the wrang thing. "Are ye ragin at me, Da?"

Da keeked at Joe and smiled. "Naw, I'm pleased ye didnae cash it in. Aw that money never really made us happy, did it?"

"Naw," said Joe. "In fact it made us baith sad. And I'm sorry and aw. You brocht ma hamework tae the schuil and I shouted at ye for embarrassin me. Boab wis richt, I *hiv* behaved like a speylt brat at times."

Da keckled. "Weel, jist a wee bit!"

Joe bumlowped alang closer tae his da. He needit a hug.

Jist then, twa burly sheriff's officers come ben the room. "We've tae tak the mattress," annoonced yin.

The Spuds offered nae resistance, and stood up tae let the men cairry the last item oot o the room.

Da leaned ower and whuspered intae his son's lug. "If there's onythin ye want tae grab fae yer room, boay, dae it noo."

"I dinnae need onythin, Da," replied Joe.

"There must be somethin. Designer shades, a gowd watch, yer iPod…"

They watched as the twa men cairried the mattress oot o Mr Spud's bedroom. It wis noo completely bare.

Joe thocht for a meenit. "There is somethin," he said. He disappeart oot o the room.

Mr Spud moved ower tae the windae. He watched helpless as the leather-jaiketed men cairried oot awthin he owned, siller cutlery, crystal vases, antique furnitur, awthin…and loadit it intae the trucks.

Efter a meenit or twa, Joe reappeart.

"Did ye manage tae grab onythin?" spiered Da eagerly.

"Jist yin thing."

Joe opened his haun and shawed his da the dowie wee cludgie-roll rocket.

"But why?" said Da. He couldnae believe his son had kept the auld thing, never mind chosen it as the yin thing he wantit tae save fae the hoose.

"It's the best thing ye ever gied me," said Joe.

Da's een cloodit ower wi tears. "But it's jist a cludgie roll wi a bit o anither cludgie roll stuck tae it," he splootered.

"I ken," said Joe. "But it wis made wi love. And it means mair tae me than aw that expensive gear ye bocht me."

Da shoogled wi unstappable emotion, and wrapped his short fat hairy airms aroond his son. Joe pit *his* short fat no sae hairy airms aroond his

da. He restit his heid on his da's chist. He felt
that it wis weet wi tears.

"I love ye, Da."

"Ditto...I mean, I love ye tae, son."

"Da...?" said Joe, a wee bit hesitation in his
voice.

"Aye?"

"Dae ye fancy Shepherd's Pie for yer tea?"

"Mair than onythin in the haill warld," said Da wi a smile.

Faither and son held each ither ticht.

At lang last, Joe had awthin he could ever need.

Efterword

Sae whit happent tae aw the characters in the story?

 Mr Spud liked Boab's maw's Shepherd's Pie sae much that he mairried her. And noo they hae it tae their tea ivry nicht.

 Joe and Boab no ainly steyed best freends – when their parents got mairried they became stepbrithers and aw.

 Sapphire got engaged tae a Premier League fitba team.

Raj and Mr Spud sterted warkin thegither on a nummer o ideas that they hoped wid mak them zillionaires. The five-fingired Kit Kat. The quine-size Mars Bars (atween loon and normal size). Vindaloo-flavoured polo mints. At time o scrievin nane o thir ideas hiv made them a singil bawbee.

Naebody ever warked oot which Gubb wis a he and which Gubb wis a she. No even their maw or da. They were sent tae a boot camp in America for juvenile bampots.

The heidmaister, Mr Stoor, retired fae the schuil when he wis a hunner year auld. He noo races motorbikes for a livin.

Miss Nippit the history teacher got her joab back and gied Joe litter duty for the lave o his life.

The dominie wi the glaikit name Peter Breid did chynge his name efter aw. Tae Susan Jenkins. Which didnae really help.

Lauren continued her actin career, the ainly pairt she ever managed tae get wis in the TV hospital drama *Casualty.* As a deid boady.

The heidmaister's secretary, Mrs Tube, never did get oot o that chair.

The Queen's bahookie steyed purpie. She shawed it tae awbody in the haill country when she gied her annual speech tae the nation on Christmas Day, cawin it her 'anus horribilis'.

And finally, Mrs Scone pit oot a best-sellin cookery buik, *101 Recipes wi Bat Boak*. Available fae HarperCollins.

Thank yous

I wid like tae thank a wheen folk that helped tae mak this buik. I did maist o the haurd wark masel, but I hae tae mention them. First, Tony Ross, for his illustrations. He could hae coloured them in, but apparently ye hae tae pey him extra. Nixt, I wid like tae thank Ann-Janine Murtagh. She is in chairge o aw HarperCollins buiks for bairns and weans and is awfie braw and aye has smashin suggestions. I hae tae say that, she's the boass. Then there is Nick Lake wha is ma editor. His joab is tae help me wi the characters and story, and I couldnae dae it wioot him. Weel, I could actually, but he wid greet if he wisnae mentioned here.

The cover wis designed by James Stevens, and the interior wis designed by Elorine Grant. I could say that 'Elorine' is a glaikit name, but I winnae, that wid be cruel. The publicist is Sam White. If ye see me on *Loose Women* tryin tae flog this buik, dinnae blame me, blame her. Sarah Benton, thank ye sae awfie muckle for bein the maist wunnerfu mercatin manager, whitever that is when it's at hame. The sales directors Kate Manning and Victoria Boodle did somethin as weel, though I'm no sure whit it wis. Thank ye as weel tae the copyeditor Lily Morgan and the proofreader Rosalind Turner. If there's ony spellin mistakes, it's aw their faut. And thank ye tae ma agent Paul Stevens at Independent for takkin 10% plus VAT o ma fee for sittin in his office aw day drinkin tea and scrannin biscuits.

And coorse, a muckle big thank ye tae *ye* for buyin this buik. Ye dinnae really need tae read this bit. It's borin. Ye need tae read the story insteid. It has awready been cawed 'wan o the greatest stories ever written.' Thanks for that, Maw.